布老虎中篇小说

生活别爆炸

于一爽 著

北方联合出版传媒（集团）股份有限公司
春风文艺出版社
·沈阳·

图书在版编目（CIP）数据

生活别爆炸 / 于一爽著. —沈阳：春风文艺出版社，2017. 8
（布老虎中篇小说）
ISBN 978-7-5313-5312-6

Ⅰ. ①生… Ⅱ. ①于… Ⅲ. ①中篇小说—中国—当代
Ⅳ. ①I247.5

中国版本图书馆CIP数据核字（2017）第175319号

北方联合出版传媒（集团）股份有限公司
春风文艺出版社出版发行
http://www. chunfengwenyi. com
沈阳市和平区十一纬路25号　邮编：110003
辽宁奥美雅印刷有限公司印刷

责任编辑：姚宏越	责任校对：潘晓春　高　辉
装帧设计：黄　宇	幅面尺寸：130mm×185mm
字　　数：110千字	印　　张：5.875
版　　次：2017年8月第1版	印　　次：2017年8月第1次
定　　价：20.00元	书　　号：ISBN 978-7-5313-5312-6

目录

西出阳关无故人

引子：几百年前，有一个姓王的人，送一个姓元的朋友去一个很远的地方，因为是一个很远的地方，所以他们此生都不会再见面。他们在路上告别，他们还喝了一杯酒。天上在下雨，地上的花和草在长。

1

我在西北的时候，准确地说是甘肃，搭过一辆车，一辆吉普，我对车一窍不通，只见上面写了Jeep，那辆车开始并不愿意搭我，我拿着钱，我是一个礼貌的人，我想不出他拒绝我的理由，我甚至愿意多给他一些钱，当我有这种想法的时候，我也不知道我在哪儿，甘肃太大了，我要尽快到达G市，已经没有其他的交通方式了，我上车的时候是早晨九点，或者不到九点，但是快接近九点了，因为杨元要死了。

杨元要死的消息是于梅告诉我的。于梅昨天告诉我的时候，我买了飞机票，飞机一下就到了L市，但是我再也找不到一辆车开往G市。我早早睡下又早早起来，去了便捷酒店旁边的车站，去往G的汽车每周只有一天不发，就是我到的这一天，我想——杨元真够倒霉的。于是我必须打车前往。我都没有打听价钱，这种事还由得我吗？我拦了几辆车，都被拒绝了，他们都没有理由的拒绝，这让我对L市的印象大打折扣（虽然之前也没什么印象），我想我以后都不会再来了，而以前也没有来过，我只知道，我的朋友杨元住在离L市还有不到一千公里的G市，于梅嫁给杨元之后也搬到了G市，虽然在我看来，这对于梅算不了什么，因为她原来生活的城市大概也是这样，他们至少不需要再逃离北上广，只有我毕业之后从家乡来到京市让他们十分佩服，觉得我要闯出一番天地，三个人一起在兰大念书的时候，他们就觉得我是三个人里面最有可能混出来的，虽然我也一直不明白什么叫混出来，大概就是来到一座大城市，然后过蚂蚁一样的生活吧。还有比蚂蚁更小的东西吧，我想，那就是过那种东西一样的生活。

那天早晨就是这样，我打了快一个小时的车，都没有一辆车愿意拉我到G市，我在手机上又查了地图，我确定真的存在这样的地方，但我需要不断放大才可以看清，或者说，看清的时候，我的眼睛已经有些疼了，做我们这一行的问题就是眼睛都会完蛋得快。我甚至有些后悔请了两天的假。这意味着我有一整个周末都要加班了。就在这个时候，何言发信息给我，他想知道我在哪儿，我说还在一个十字路口，我向四周望了望，这真的是一个很像十字路口的十字路口，好像此地就是为十字路口这样的字眼而生。我都不曾跟何言说过这么确定的话，一个绝对意义上的十字路口。横平竖直。太阳已经很高了，地面被清晨的工人打扫得看不见一张纸，甚至连一片树叶都没有，虽然我很好奇，他们是怎么办到的。这里是L市的九月份，热得很。何言又发了一条信息说——快去快回。

这四个字让我十分恼火，我不知道是因为打不到车还是地面太干净的缘故，我想找一片树叶或者石子，狠狠地踢远但都找不到，在京市，九月依然炎热，但你会知道，那是最后的炎热，而在这里，太阳在头顶照着，街上白花花的，没有一丝风，人也很少，尤其在这样一个理论的上班高峰，出租车也很少，连黑车都很少，我背着一个包，既不轻也不重，但我知道我的背上有一个包，就是这样的情况，何言还敢发这样的字，这就是让我恼火的全部原因，他不相信我和杨元没有谈过恋爱吗？大学四年，杨元只爱于梅，于梅只爱杨元，他们就像所有人祝福但没有人真的想要的那种关系一样，毕业，结婚，从一座小城市来到另外一座小城市，毫无怨言，如果不是死亡来得太早，他们大概会一直这么生活下去。

我甚至产生了一丝想法，也许他们太幸福了，所以杨元必须死。接下来我的想法就过于猥琐了，我想，还好我不幸福。

要求人类必须幸福成了最大的诅咒。

可我不想再跟何言说什么，也许原来我会说——如果我和杨元好过，他就去死。可是眼下，他真的要死了，我就再也不能这么说了。我一直以为白血病是电视剧里的情节，可是身高一米九的杨元忽然就得病了，忽然就要死了。很快很快。我甚至想有时间把那些电视剧都拿出来看看，然后证明他们并没有那么通俗。

就在这个时候，又有一辆车开到我面前，因为是红灯，他不得不停下来，我把手机塞到裤兜，拉门就上，我想过——如果拉不开门，就绝不再拉第二下，也不敲窗户，也不笑。如果拉开门，就像此刻一样，我就这么心安理得地坐在了副驾上了。而且要笑。这是一辆很大的Jeep，我没有着急看开车人，而是看了一眼后座，确定自己没有做到后面是正确的（什么事情我都要比较一番），后面堆了一些杂物，我把书包也当杂物扔了过去，然后才用准备好的笑对着开车人，就在这个时候，红灯变绿灯，一踩油门，汽车已经快速远离了这个十字路口。我的笑容被甩到了后面那个永恒的十字路口。

开车人看不出年龄，大概是在L市生活太久的缘故，很干燥。除非你喜欢这个城市的男人，否则你不会喜欢他。开车人的水杯很大，大概是他一天的饮水量。像一个长颈鹿。开车人手上戴着一块手表，我忽然想到一个比喻，保护友情就应该像表壳保护机芯一样。

我拿出手机，给开车人指G市，可是指的很不清楚，要一直放大屏幕才行，中间还闪退了两次，还有一个何言的信息蹦出来，是一个毫无意义的笑脸，我们的车停在路口刚过去的地方，打着双闪。

G市吧，不去。我还没有把手机完全弄好，开车人说，说的时候看着前方，好像在告诉我，你会自己开车门，因为你知道门在哪儿。你会自己下去，因为你有腿。

我继续弄手机，G市就像消失了一样，于是我打开手机相册，里面有一些我的自拍，有一些我跟何言在一起的照片，自拍比跟何言在一起的时候更漂亮，也离我本人的真实形象更远。可我喜欢这些自拍，让人自我感觉不错。我翻了一小会儿，找到一张照片，然后指给开车人说，他快死了，带我去G市吧。

这是一张杨元和于梅结婚时候发给我的照片，大概是两三年前，也可能是四五年前，看上去像是一万年前，我记不清楚了。他们两个人没什么朋友，在那样一个小城市生活更没什么新朋友，所以结婚的时候没办酒席，只是告诉了我一声，还发了几张照片给我，看上去正像结婚照应该有的样子。就是说两个人都傻乎乎的……结婚照背后是一幅假的风景画。色彩斑斓的秋林和映在湖中的倒影，画面中间还有一群鸟在飞，两个人就站在中间。

开车人瞟了一眼手机，只是轻轻地瞟了一眼，我不确定，他到底是在瞟手机，还是瞟了我。我快速看了一眼自己的衣服，扣子系得整整齐齐（我想到何言说的在西北经常有女孩儿单独消失），于是重新把笑拿出来，因为我不是一个没事就笑的人。何况现在遇上了这种局面，别指望我能自然地笑出来。

开车人说，我们开到那边，时间不短。

这句话的意思就是，我们开到那边，他没准就死了。

我马上说，所以，快上路吧。

开车人说，两千。

我想讨价还价，但又觉得现在不是时机。我转身拿出一千块给开车人，说，剩下的到了地方给你，身上没有那么多钱了。

我把这句话说出来的时候觉得自己很机灵，一方面，要是路上处得不错，也许到时候可以便宜点儿；另一方面，不必让这个开车人觉得自己很有钱，这就是出门之前，何言一直叮嘱我的——安全问题。在何言看来，我要去的地方充满了不安全因素（或者说，只要我不在他身边，就充满了不安全因素）。可是想到我的好朋友都要死了，我还计较这千八百块，我又把手机里杨元的照片拿出来，认真地看了看。

我把手机放大，把于梅已经挤到了屏幕外面，我用手指摸了摸杨元，摸了摸他挺拔的鼻子，他有个大鼻子，有个大个子，穿了西装，整个人看上去松松垮垮的。我真不敢相信，他就要死了。我这样想的时候，耳边响起滴答滴答的声音，就像是杨元的倒计时。

想到昨天于梅发邮件告诉我的时候，我说——怎么才告诉我呢。

言外之意，我算是你们两个人的朋友吧，至少是杨元的朋友，我感觉自己的情感简直被欺骗了。

虽然毕业五年了，他们留在一个小地方，杨元在一份和文物有关的刊物工作，于梅做的大概也是类似的工作，我没有仔细问过，没有这个心情。或者她其间换了一两次，但是杨元一直在那样一份刊物工作，我忘记了刊物的名字，因为真的没有人会看。杨元曾经在邮件里和我说过——他喜欢这个工作。他没有说爱，他只是说喜欢，就算是喜欢，我觉得也很夸张了。我想连杨元自己都不觉得有人会看，他只是觉得有件事情做，这是他唯一可以养活自己的一件事，我觉得他太懒了。

杨元偶尔一年一两次出差来京市，我们会见面，多数时候，我和杨元更像网友，但我们只喜欢写电子邮件。或者说，是他决定的。我和杨元说过，也可以给我发微信语音，可是他说——没什么可说的，就给你写吧。而且我知道于梅也一定知道，我们一直保持着这样的关系。我想过，这是我保持时间很长的一段关系，我不知道说纯洁的是否合适，但是显然超越这种关系就会改变很多事实。而且一旦改变就是死路一条。我想自己真是中了头彩。

说起来挺奇怪，我和杨元就算很久不见，一见面还是依然如故，这就是大家说的怀旧吧。杨元喜欢怀旧，尤其在唱歌的时候，我说——你总是唱我姑妈那代人的歌。而且他最喜欢那种有独白的歌，就像在读诗。所以每次在京市，我都请他去唱歌，在KTV。杨元戴着眼镜，眼镜上布满了天花板的光线，他喜欢用大拇指和食指往上托眼镜（他的眼镜好像有些松），每次看见他这个动作，我都觉得他这个人迟早有一天会受不了。但受不了什么，我也不知道。记得上次他在KTV，喝了点儿酒，他把演唱的动作搞得很夸张。我也照例给了他不少欢叫声和掌声。后来唱累了，他就开始睡，他一直枕着我的胳臂，我的胳臂麻得不行。可我想，就让他这么枕一会儿吧。醒来之后，他看着我，好像很陌生，然后说出了一句很惊世骇俗的话——曹盼，你这个胸是真的还是假的？

2

开车人的车开得很快，我没有问他姓什么。目前来看他是一个无害的开车人。我看了看安全带，觉得很脏，没有系，开车人看了我一眼，也没有提醒我系的意思。因为我总会想到一种场面：出了交通事故，安全带像一个绳索一样，把人变成两半。我宁可从车里飞出去，也不要变成两半。

在跟何言同居的两年中，这些都是我们吵架的导火索，在何言的车上，我总是系着安全带，这样就不用吵架了，何言也不用摆出一张挺难看的脸。我想——如果自己被勒成两半，只可能是在何言的车上。这些场面总是越想越真实。或者说，我每次构建起来的安全感在何言的车上都会坍塌。

开车人很沉默，商量好了钱，也拿到了一半的钱，就再没什么可说的了。路就在那儿，一直往前开吧。但我还是很奇怪，为什么大家都不愿意去G市。为什么G市在地图上那么小。为什么我的朋友要生活在那里。为什么我从没爱过自己的朋友，那种真正的爱情。世间是不是存在那种真正的爱情。为什么何言要让自己系安全带。为什么地球是圆的？

我有很多问题，越想越困，我想睡一会儿，我起得太早，但是我不敢睡，我不敢在陌生人的车上睡，我只敢在何言的车上睡。

我就这么一直盯着前面，并不和开车人说话，因为就算碰见挺爱说话的开车人，我也不会愿意跟他们说什么，所以我对这个开车人多少有些好感，沉默之美。更别说他肯停车带自己走。

没多长时间，车就开出了L市。

这个城市真小啊，我不由得发出这种感叹，我打开手机看了看，有老板发来的信息，问我是不是快回来了。我放下手机，有一种绝望的心情，我觉得老板疯了，这个世界疯了，自己才走。老板发了两条信息，第二条是说项目通过了，意思是，接下来，大家都该忙起来了。我想给于梅发个信息，告诉她自己已经上路，可是打出来之后又觉得上路两个字，不好听，于是什么也没有发，塞上耳机。我想，这就算是旅游了吧，我要好好看看沿途的风景。大概我以后都不想旅游了。

我的云音乐里正在放《九月》，这正符合此刻。我不喜欢海子，也不喜欢周云蓬，可是两个人在一起，就不能不让我喜欢，或者说，不能不让此刻的我喜欢了。歌词里唱的：目击众神死亡的草原上野花一片……只身打马过草原……

我很困，真的觉得眼前走过来一匹马。一匹又大又白的马。看着马的形象，我打了瞌睡。

3

就在这个时候，开车人忽然伸手过来帮我把窗户摇下来一点儿，我吓了一跳，但是很快意识到他只是想让风吹进来。离开城市越远空气越好，从一个城市到另一个城市，要经过大片的荒漠，而中间都不会再有其他的城市出现。除非是海市蜃楼。我打开手机的邮箱，忽然有一种冲动，想重新看看杨元写给我的那些邮件。

在外人看来，杨元一定是一个很不着边际的人，大学四年他都这样，有些荒唐，大概只有我愿意和他有些来往。

开车人一直不说话，但是此时此刻，我倒是希望他能和我聊聊杨元。就像一个陌生人那样随便问问我，要死的人是谁呢。

杨元的邮件很不连贯，有时候也问到何言。都是问我怎么还不结婚，有时候他会有周期性的胡说八道，我想可能和这里的气候有关，寒冷而偏僻的祖国内陆，什么也不能生长。我才来了几个小时，就已经感觉很不一样了。

有时候他在邮件里会说——结婚挺好的。这样才能理解孤独，好像他的每件事都会指向孤独，让我觉得他这个人有些重复。

有时候他会说——你就别结婚了。

还有一次他一定是喝了酒，和我说——你就别结婚了，等我离婚，我们结婚，但是谁都不告诉，你也不说，我也不说。

我如今还记得自己看到这个简短的邮件的心情，是一个没有风的夜晚。我和做电影的同事在京市一个十分高档的酒吧也喝多了，因为是别人埋单，我可以常来的机会不多，甚至说，有些不知所措，我就这么喝多了，然后是叮的一声。

我所有的邮件都有提醒，因为我不喜欢因为看不见邮件，然后接到老板电话提醒我看邮件，那简直是在提醒我自己正在过蚂蚁一样的生活。我不懂杨元为什么发这种邮件，大概是因为在上一封邮件中我和他抱怨过我跟何言的关系。

于是我在邮件里和他说——婚姻让所有女人都变成一种女人。我还发了一个俏皮的表情，我觉得自己虽然还没有结婚，但正在变成那样的女人。

另外我知道一个道理：敏感的人一旦痛苦起来，都不是常人所能体会的。所以有时候隔着邮件我虽然也受不了杨元那婆婆妈妈的样子和反复无常。但我不能伤害他，所以我从来不问他确定的事情。我们只需要保持愉快的邮件来往。我想，我多数时候都这样想——我是了解杨元的，至少是和我写邮件时候的杨元。但我并不知道他的老婆于梅是什么样的女人。

因为我和于梅的联系就简单直接得多，简直是没有联系。大学四年，我和于梅住在一个寝室，因为寝室另外的两个人总是不住在这里，所以多数时候只有我们两个人。我也是这么认识的杨元。杨元是考古系的。我和于梅是中文系的。杨元也是考古系最后一个学生。第二年，这个专业就停止招生了。想想，杨元这算不算倒霉呢。

大学四年，于梅从来没停止过在外面当家教，杨元总是闷头写作，也没人知道他写什么。在我和他刚认识的一两年，我觉得他是个挺奇怪的人，也没什么意思。

毕业之后，他说他要做一份不和人接触的工作，他和于梅结婚了，于梅怀孕了，又流产了，之后都再也没听他们说过生孩子的事儿。是啊，反正又不是没机会。

杨元有一次在邮件里和我说——你可以生个孩子。

他这封邮件也到来得莫名其妙。关于他的生活，关于我的生活，都有很多矛盾的说法。但我慢慢掌握了阅读他的习惯。我看了看窗外，继续看手机，我想从最近的一封开始读起。

4

最近的一封是一个月前，之后大概因为生病就没有了，通常我们一两周会有一封邮件。但其实也没有这个规律。目前来看这成了我生活中抒情的部分。

这段时间没有之前那么孤独了，杨元在最后一封邮件里说，然后他告诉了我一些他最近在看的书和电影、音乐。

总之，我想在那样的小城市，如果没有书、电影、音乐，他一定更觉得孤独了，但是我们说的可能还不是一种孤独。

看着外面大片的土地，我很后悔，没有在他健康的时候问问他，G市有什么意思呢？

此时此刻，我也只能将这种话问问开车人了。

开车人看着前方说——你说有意思就有意思。

我觉得他这个回答没意思极了。让我刚刚对他建立起来的一点儿好感又归零了。开车人就是开车人，我发出这种感慨之后忽然想笑——但是啊，你说有意思就有意思，你说没意思就没意思，大概只有杨元这种人活得这么丧。

大学四年，就看不出他有什么高兴的事儿，与此同时，也看不出他有什么不高兴的事儿。于梅狂爱他，连我在内都不知道爱他什么，杨元对我也不错，就是这样，难怪他说，没什么意思。

每次他在邮件里和我说孤独的时候，我都不知道说什么，我想，他不是有于梅吗？邮件里的杨元和现实很不像，总是滔滔不绝。邮件里比他一辈子说的话都多。

杨元从来没和我说过他的那本刊物，好像他就是一个没工作的人。最多说一些奇谈怪论。在这种地方，人会保留孩子般的目光。杨元就有孩子般的目光。他也不怎么和我说G市，好像生活在哪儿对他都只是一种背景，与生活无关。问到我的时候，也从来不问我具体的事情，尤其是工作，他知道我是做电影的，只有一次，我说，我们周围人，大概就是指那些中文系的同学，除了你和于梅，还有几个不联系的，大概都在做电影了吧，接着我还在邮件里写了几个哈哈，哈哈，然后接着写，所有人都做电影了，电影得烂到什么样了，我还告诉杨元，我现在最怕别人和我说的四个字就是——内容为王。有时候我会在邮件里很刻薄，或者说经常时候，因为这些话我都不知道生活中和谁讲。我在邮件里告诉杨元：很多电影我都不知道在讲什么，就是在犯傻吧。我也经常觉得自己做的这份工作没意义，但是这能养我。我总不能让何言养我吧。更搞笑的是，何言也是做电影的，有时候我和他睡觉，就觉得是在和同行睡觉，和甲方睡和乙方睡，这种感受让我觉得爱情只是顺便的。更痛苦的是，这个工作环境给予我跟何言的不会是别的东西，只能是随波逐流，人要永远保持尖锐太难了，就算保持住了，最多被同行说——气质真不一样啊，那无非等于告诉你自己和他们不是一类人。也许一切都是想掩盖那些实实在在得不到的东西。

每次我和他在邮件里抱怨工作，他总是轻描淡写地说一句——为稻粱谋吧。

可惜杨元不和我说工作，不然我想，无论他说什么，我都会鼓励他吧。有时候我很奇怪，这种鼓励为什么不是来自于梅。好像很多东西都错位了，就像无论何言做什么，我都在否定他。我从内心已经不相信这一切，我甚至希望有别的女人可以替代我，去安慰安慰何言。让他也像其他男人一样得到从我这里的鼓励，就像一阵微风吹过自己。

5

跟杨元的邮件源自大学，那个时候于梅总是外出当家教挣钱，我一点儿都不怀疑两个人的生活费都是于梅挣的。有一次于梅去远方助教，从那个时候我便开始和杨元联系，主要是于梅让我帮忙照顾他（怎么有些乘人之危的意思）。

可是大学的时候，邮件很少，那之后，我有一次很天真地把自己和杨元发邮件的事情告诉了当时的男朋友，我们为此大吵一架。因为我知道，我和杨元并不是这样的关系，如果我真的遇见一个想睡我而我也想睡他的人，我会变得不可思议的洒脱。但是很多邮件我们却写得很不洒脱。当然，邮件写得多了，我慢慢开始有了一点儿不道德的感觉，而我的生活需要靠这一点点感觉维持。这种感觉忽隐忽现，我并不觉得有什么错。

大学毕业之后，我跟杨元的邮件联系开始变得多了起来。有一段时间我得了失眠症，我工作的一部分就是让作者把写的不错的小说改改，变成电影的语言，其实就是让这些小说和社会对话，说得更直接一点儿，就是拥抱社会，因为不拥抱社会已经不被允许了，当我清醒的时候我就觉得，这真他妈的无聊。这种无聊大概就是我得失眠症的原因。那段时间，我也总是在和杨元的邮件里写他妈的他妈的。只是杨元的嘴里永远别想听到这三个字。他的脏话就是沉默不语。

我看着窗外想——从此以后，我再也不用给谁写邮件啦，他也终于被这个世界抛了出去。可是他怎么得了这么贵的病啊。于梅要挣多少钱才行啊。虽然杨元身体上的毛病一直挺多的。可都不会死，一个人得了小病还得大病，太多此一举了，比如他患有痔疮，他经常觉得自己是造血机器。我不知道他为什么在邮件里和我说这些，于是我就说，我也是造血机器。每个女人都是，他说不一样，他大概想说的是孤独吧。那些毫不具备审美层面的孤独。

脚气的事情也是杨元在邮件里告诉我的，这是我和他的友情中很日常的部分。但我觉得他真的说得太多了，就算不知道他有脚气，我和他也是朋友，杨元就是那种走在街上你不会仔细看，也许接触久了会觉得有点儿不一样，可是这种不一样，就算没有，也不会让你的人生感到缺失了什么。他们可能会被一些小小的顽疾困扰，比如脚气啊，也可能是口臭，阳痿。

车继续往前开，我继续看杨元来的邮件，有时候也不是看，只是回忆，很多我会永远地记在心中。记得有一次我和他说——你知道那种绝望吗，我跟何言再也不想吵了，以后他说什么，我就都说好，不管我是不是认为好，如果他想让我吃什么，我就吃，因为我不想因为不吃再争吵了，就算我吐出来我也要先吃下去，我们的生活就是我当着他的面把一个东西吃下去再背着他吐出来。已经没有信任了，只有遵守，连遵守都算不上，只有好，这就是生活。

那封邮件的最后，我还写了这么五个字——这就是生活。

也许杨元比我更了解生活，他一定觉得我在和他搞笑。那封邮件里，他就和我说了一个简单的不能更简单的事实——别再吵了。

杨元再说到自己的邮件总是长篇大论，说到我的时候总是寥寥几个字，这也让我觉得他有点儿自私，但有时候我也想，我为什么不能有一个自私的朋友呢。

我用手拨着车里那个会摇头晃脑的小人儿。我想，这就是生活。

我就这样一封接一封地往下看，但这并不是我们的全部邮件，说起来有些遗憾。这个过程中我删过很多次，有些是因为邮箱满了，我当时以为我们会一直联系下去，直到死亡将我们分开（现在看真的是这样啊）。还有一两次是我和杨元吵架，其实谈不上吵架，只是我无处发泄的情绪发泄到了一个允许发泄的人身上（他真可怜）。我早就忘了跟何言吵过多少次架了，那简直就是我们生活的全部。我再一次暗示自己，我是绝对不会嫁给何言的（好像不经常这样暗示，就会不小心嫁给他一样）。

想到结婚这种事情，我忽然做出了一个举动，我把杨元的结婚照也删了，我想，是这些结婚照把他害了。

有时候心情真是难以描述。

天上有鸟叫，可是又看不见它在哪儿。当你失去了一个朋友的时候总不能没有一点儿感触吧。删掉结婚照之后，我忽然感觉他将从我的生活中消失了，这是多么的搞笑，他又没和我结婚。

想起杨元上次来京市正好赶上大雾什么都看不清，我还和他说——这可不是什么好兆头，杨元当时那副表情好像在说——他一出生，就没什么好兆头。

这种话从他嘴里说出来，会让人感到大地在微微震颤。

分别的时候我请他常来，我说不要总写邮件，我经常写邮件的时候要拼命回忆你的样子。

他说——有的是机会，我们都还在这世上活好多年。

我记不清他说的是活，还是混，应该是混，混好多年。

想到这些往事，我觉得，全让他说中了。可我一点儿都不想哭，眼泪应该留给那些认为哭有价值的人，杨元是绝对不会认为我的眼泪有什么价值的。我叹了口气。我不是一个喜欢叹气的人，那样让我一生挣不到钱，我被自己的叹气吓了一跳。然后我又叹了口气，告诉自己这是可以控制的。我还伸了个懒腰，虽然我一直不懂那些每天起床伸懒腰的人在拥抱什么。

后来，我觉得我可能睡了一会儿，还做了一个梦呢，或者只是打个盹儿，梦里，我和杨元的邮件被一个外星人劫持了。

梦里其他的东西我都忘了，醒来我想，外星人一定会觉得我们一起生活了多年，虽然并不，我不知道为什么会有一个无聊的外星人劫持两个地球人的邮件呢。除非这里面有让地球延续下去的密码。我摸了摸自己的后脑勺，想到延续，这两个生物学上的字，觉得难过极了。出发之前，我刚剪短了头发。后脑勺薄薄的，看上去就像一个随时可以被人敲碎的蛋壳，我摸着自己的后脑勺，忽然使劲捶打它，好像要把它真的敲碎一样。

车继续往前开，我觉得有些不舒服，但这里并不是高原，我觉得头晕得像一列火车正从自己的左耳朵呼啸着跑到自己的右耳朵，然后再从右边跑回左边，寒冷渗进肺腑，云层之上，充沛的光洒向半完成的白色山丘（我看所有的景色都像半完成）。看上去像面粉掉进了金子里面，我想，好浪费啊。

我继续看，我们的很多邮件都是他鼓励我写点儿东西，因为他知道我写过一点儿东西。他说他也在写东西，我问他考古的事情，他什么都不说，只有一次告诉我，恐龙统治了地球几千万年呢，后来我在邮件里问他写什么呢，他含糊其词，大概是本没人能看到的遁世之作。

还有一次邮件里他说，他要不吃肉了，我问为什么？他说你有没有想过，肉可能是你前世的姑妈。我跟杨元说，一点儿意义都没有。我又说，杨元，你还这么年轻，你看看我们周围的人都在奋斗，你先别这么变态。姑妈？这种事情你是怎么想出来的呢，真是让人佩服（反语）。

他在邮件里说变态？他好像是在跟我说，你懂什么是变态吗？

他说他要做一个考古哲学。

我说那是什么？

他说你知道哲学这个东西越具体就越没有生命力。

我被他说的感觉自己智商很低，而且我不爱他，不然我一定觉得他是个挺有吸引力的男人。女人不都是喜欢智商比自己高的男人嘛。

杨元在邮件里和我说——一个人怎么能不庸庸碌碌地活着。

我鼓励他说——幻想和惊喜可能就隐藏在这个过程中（其实这种话我自己说出来都不相信）。

其实我是在鼓励我自己，要是谈庸庸碌碌，杨元啊，你能谈过我吗？我就是庸庸碌碌本人。

听他这么说我觉得很难过，我想他应该做点儿什么，也让于梅活得好点儿。虽然在这个城市生活成本很低，也不应该通过写作寻找什么意义，但，这些邮件让我觉得杨元已经走得很远了，透彻只能毁了他。我还在邮件里和他说，像我这样的真的是没时间写了，写了还要隐姓埋名，不然一定被同事笑话。傻不傻啊。做电影的人都很自卑，因为接触的钱太多，可是又不像做金融的，因为自卑所以生怕被人骗，被人觉得傻。就拿我这家小小的公司来说，没有定位，老板是卖情趣用品起家的。问老板做什么片子，他说挣钱的就行，大概就是可以让他在资本市场买空卖空的。然后又总是和我说，帮忙啦。可你知道，我最讨厌别人还要我工作的时候和我说帮忙啦，只要一帮忙，我立刻就觉得自己不值钱了，我宁可帮一个乞丐的忙都不愿意帮这个忙。千万别和我谈什么境界。

就算真有超越时代的思想，但不会有超越时代的行为：杨元在邮件里和我说，自己没什么梦想，连梦想都是一种机器设定。他也不想让谁活得好点儿。甚至有一次在邮件里他和我说，于梅为什么就不能离开他呢。

其实很多时候我也不愿意回复他的邮件，觉得他就像一座移动的毒品加工场。

天空真蓝啊，我看着窗外想，无论过程怎么样，我总觉得杨元的内心也存在这么一片蓝色。而并不应该是一座从里到外的毒品加工场。

6

忽然变天了，乌云就像融化的铅块。低沉的雷声从远处滚过来。但我没有和开车人说——慢点儿开。四周都是稀疏的岩石和灰白的灌木丛，这一切给我的就是无边的空旷还有一丝的不安，再也没有什么灵感了，有时候是鱼鳞状的薄云在天空中，我想到一件小事，杨元曾经管我借过五万块钱，我给了他两万，还说不用还了，这种话我不会和别人讲，我和杨元讲，是因为他一定会还我，他也知道，不给更多，是因为我也有点儿为难。九月，是秋天了，在秋天的柔风和阳光中，我不知道为什么想起来的是这种事，杨元要死了，一直活得怪穷的，不是挣不到钱，是根本不想挣钱，杨元的来生就变成这些荒漠上的沙子算了，连太阳都不需要。

我问开车人还要多久，他说早呢。

老板的信息又来了，还是和我说通过的那个项目的后续安排，大概是让我合理把握内容生产，既要有点儿社会性，也要有点儿人性。要拍出中国好莱坞的感觉。我看着这个信息，忽然想笑。这一切在京市理所当然的，可在这里显得如此怪异，因为在京市所有都是扭曲的所以就看不出扭曲了。老板还说，但是要贴近日常生活。我一直不懂什么叫日常生活。大概，就是指那些平庸无聊的一天又一天吧。我想，太空中又没有红绿灯，为什么那些行星不撞向地球呢？留着地球上的人做这些匪夷所思的东西是为了什么呢？我老板从来不拍什么爱情题材，他说是兽性……一个人谈恋爱了，就是兽性大发。老板信息说了不少，我很潇洒地回了一个OK。我看着外面，有时候觉得树不是绿色的，是紫色的，云不是白色的，是黄色的，五颜六色地拥挤在一起像是在逃难。看着这些云和树，真是让人百感交集。生活变得越来越不可爱，不欢乐，也不善良。

7

要不要转转，开车人说。

我说直接去吧。

他说，你来的这个季节不好。

我都不知道回答什么，好像我有闲情逸致一样，我用手机照了照自己的脸，一点儿没错，谁都能看出这是一个一夜没睡的人。

汽车高速行驶在笔直的公路上，我想，没有比这条公路更好的景色了，路在前方交会，但是开到前方的时候，又分开了，仅仅是一种视觉上的效果，有一些略微的起伏，两边是荒芜的戈壁滩。生长着一些杂草，骆驼刺和红柳，我想，我还没来过这些地方呢，不过也没什么，我没来过的地方太多了，不如都不去，去一个只会增加另外几个的遗憾，远处是山脉，我也叫不出是什么山脉，我也不想问开车人，这些都是我必然会忘记的，青灰色的山体上面覆盖着雪，山体上什么都不能生长，我想何言说的是对的，快去快回。是啊，如果不是杨元在这个地方，我不会产生一丝关联，就像一只蚂蚁怎么会跟外星人产生关联一样。天很蓝，一切看上去都很和善，我不知道，为什么，我会觉得和善。就算在生活中，我都不常见我觉得和善的人，我想，这是一个很高的评价吧，离开京市那么远了，我想感激点儿什么，我闭上眼睛，使劲嗅着空气中的味道。当我忽然睁开眼睛的时候，开车人正在看我，但并没有吓到我。

看着这样的景色，真觉得自己白活。在我看来，只有两种人不算白活，一种是穷人乍富；一种就是杨元，和一张桌子一把椅子都可能心灵相通。像自己这样从早忙到晚的就是白活。

开车人都没有问我做什么的，这让我感觉被善待了。

他说——要不要听他讲点儿什么。

我说——如果我需要，我问你。

可我没什么想问的，我闭上眼睛想——如果不开车，是不是就可以骑着马在这里奔跑了。

我之所以觉得这样很有诗意，是因为我并不会骑马。何况歌词里面唱的“只身打马过草原”。

忽然有一股风。

我马上给于梅打电话，不知道为什么，我觉得杨元死了。当然在西北，这只是一股很普通的风，就是风嘛，旋风，带着沙尘，没有停留，很快的就像和我们开车相反的方向奔去了，很短的一瞬间，残余的沙粒像细碎的小冰雹拍打着车身，开车人就像这种事情每天要经历二三十次一样，继续往前走，路边有时候会有一些残破的房子，房子旁边会有几棵树，看上去就像我们的车开远之后马上会消失一样。

我觉得这不错，我自言自语。

开车人说，我可没这种感觉。

风过去之后，前面就是一个加油站，开车人从刚才开始就话多了起来。

他说，能不能等他半个小时，最多一个小时。

我有点儿不高兴，一个小时和半个小时还差了半个小时呢。

我说来不及了吧。

他说车得休息休息，另外，还得处理处理事情。

我不懂他的休息休息和处理处理到底几个意思，停车的地方可以加油，我下车小便，走到卫生间门口就跑回来了，我想找个没人的地方随便解决。旁边有一个小卖部，里面的货架很大很高，放满了方便面，这让我在一瞬间产生了一种很恐怖的感觉。旁边还有个小旅馆，从字面上已经看不出名字了，好像是金盆洗什么房，金盆洗手？我觉得不可能，金盆洗脚？我想了想，觉得可能是个洗脚房吧，我不好意思催开车人了，太阳照在头顶上，我想我遇到的这种事，不能不满意，这种时候不满意还不知道出什么事儿。我买了个方便面（因为也没有别的东西），蹲在路边吃起来，我想，杨元，如果你死了我还没赶过去，我真的没什么办法了，加油站旁边还有一个猪棚。

我没有去过杨元的家，他在邮件里给我写过，可是连不成整体。他说自己养过几只小动物都死了，他说不养了，自己克小动物。他说自己的墙上总是挂着那种可以一页一页撕下来的日历。

蝙蝠发情的时候脉搏一秒钟会跳一千多下，当我在等开车人的时候我有一点儿紧张，但也紧张不过一只蝙蝠。我很累，我连胳臂都抬不起来了，好像是一条大象的腿。有时候两个人之间会忽然冻出一条冰河，连一个简单的开车人我都不了解，每天走在京市，觉得周围的人全是企鹅。而我并不了解真正的人。这样想。眼前活生生的忽然变成了悲凉至极，冰河也在拓宽。四周全变成了流动的色块。

是呀，活着不需要目的，有时候连死都不需要目的，金盆洗脚屋，呵呵，只有到了这种地方才觉得是到了目的地吧。

我打开手机看了看，连信号都没有了，而且上车就要充电了，所以我连杨元的邮件也不能再看了。

我看着面条一根儿一根儿变膨胀，我无事可做，专心致志地吃起面条，我觉得挺好吃。

我想，开车人，此时此刻，在做爱吧。我把方便面的汤也都喝了，何言从不让我喝汤，他说有塑化剂，他有很多常识，可这对我们的关系一点儿帮助都没有，我就像在报复何言一样，喝得干干净净，可我想不出来，他有什么好报复的。

我不知道下一次路过加油站或者洗脚房是几点，没准我们就还能路过。我想，我得多吃点儿。于是，我又吃了一碗，和刚才不一样的口味。

吃方便面的时候我想，杨元如果也吃两盒，一定是一模一样的口味，他就是这种人。如果他死了，如果说有什么可惜的，就是没吃过什么好东西吧。吃东西对他来讲就是活受罪。

果然一个小时还过了一会儿，开车人出来了，还吹着口哨。我把两个方便面盒在沙地上踢得远远的，开车人什么都没说，后面还跟了一个女人，我说——一会儿，开快点儿吧。

我又说——我要充电。

女人想找我握手，可只递给了我几个手指头。她的胸也大得不得了，我想问她，是真的还是假的。我想摸摸是不是也特别软，就像一个大白馒头。但我们两个人仅仅是交叉过去，什么都没做。

女人上车之前在加油站的水池冲了冲自己的脚，我忽然想到跟何言每次做爱之后，我都要洗上一会儿。好像要把我们的孩子冲进下水道一样。

上车之后开车人把广播打开，广播里面的声音变了，好像有一个传教士在说话，但我不知道她说的是什么，而且还有一个悲伤的事情，我忽然发现——那个女人是个独眼女人，坏了一只眼睛。

如果她眼不坏，大概不会难看。独眼女人和我说——不然我们两个换下位置，我去前面陪他说说话。

看得出来，开车人已经很累了，又刚做完爱。我们已经开出了八九个小时。

就在这个时候，我收到于梅的信息，她说——杨元昏迷了。

我盯着看了很久，就把这条信息删掉了。删掉短信的心情就像自己从山坡上叽里咕噜地滚下去一样，和一个嫖客一个小姐去看一个昏迷的人，我觉得我都在这种处境了，还是理解不了杨元说的孤独。

天彻底黑了。

车里特别冷，还有几个小时，太阳就升起来了。就像太阳升起来太阳落下去一样，我愿意相信，我和杨元之间的友情一开始就是确定的。

开车人把广播打开，广播里说——有一个疯子从医院里面逃了出来。我很想让他再调回刚才传教士的频道，但我想，那是错误的。这片土地上怎么会有传教士。

我们三个人坐在车里，竟然没有一个人对关于疯子这个事情发表一点儿看法。

独眼女人坐到前面之后并不说话，但好像坐在那里就是一种补偿。她也不打听我。我忽然对独眼女人产生了好感，她不是一般的小姐，她是一个有修养的小姐，我接下来产生了更不切实际的想法，我应该把她带到我的朋友面前，以我对杨元的了解，他一定还不知道真正的小姐是怎么回事儿。

我觉得很不可思议，我竟然看不出她的年龄，大概是因为人们说，眼睛是心灵的窗户，我看不到她的眼睛，也看不到她的心灵，只有心灵会暴露一个人的年龄吧。她看上去就像十九岁，或者九十岁。或者说，少了一只眼睛后对很多事物的理解增强。我想到，杨元的眼睛很亮，不像生活在西北的人，倒是像生活在海边的人。进而我又想到杨元的手。杨元的手看上去半透明的，我觉得这是没怎么进化好的结果，他的五官组合在一起都不错，可是单独看都不怎么样。这可能是这个人身上唯一有点儿趣儿的地方。有时候他的手晃来晃去就像一只透明的鱼。看上去很脆弱。

这样想的时候我把自己的眼睛也闭上了。我觉得非常疲惫。

又过了一会儿，何言的信息过来了。问我到哪儿啦。他用的是“啦”不是“了”，就像在跟我示好。然后又发了几个他在美国看的房子的图片，在这个时候发过来真的不合适。何言最大的追求就是去美国，不是其他任何国家，如果把京市的房子卖了他们就能在美国的郊区买一套房子。

我没有给他回信息，我们之间，他总是问我，到哪儿啦，吃了吗这些，好像生活除了到哪儿啦吃了吗就没有别的什么。或者说这也是我们同居几年，我亲手造成的结果。无论他问什么，我都不想说。当我想说点儿什么的时候，我就给杨元写邮件。

也存在那样的时刻，我就觉得自己有点儿对不起于梅。当我觉得自己对不起她的时候，我甚至都快忘了她长什么样子。

8

月亮孤零零地悬着。有一条路，我们就是顺着这条路上来了，在夜色中，这条路就像从很远的地方爬过来，这条路自己长了手长了脚。我们的车看上去和四周很不协调，切出了荒寂的一角。我想，假如人类世世代代向往飞翔，是否有一天会真的飞起来；假如人类真的厌恶自己，是否有一天就会从头到脚融化。

独眼女人忽然开始和我想说点儿什么。她问我去了哪儿。

我说哪儿都没去呢。

我忽然又问是不是阳关很有名。

独眼女人说一个小土堆。

我说你去过。

独眼女人说眼睛不瞎的时候。

我想问你的眼睛什么时候盲的。但我当然不会这么无礼。

我不再和她说什么，继续删杨元的邮件。删掉了邮件之后，再也不会有不祥的预感折磨着我了。所有的预感都很可怕是因为它没有发生。我保留的部分只是想再读下，然后再删掉，反正最终的结果都是删掉。我不会让离开我的人有一丝一毫的痕迹在我的生活中。比如杨元在一封邮件里面写——他要靠什么也不做来消耗一生。人要是没了目标，每天都很充实。

独眼女人这个时候忽然又说，要死的人是你初恋？我想——这你都知道了。

我摆了摆手，我自己都有些吃惊，好像要急于撇清和杨元的关系。他怎么会是我初恋呢。我初恋是个高富帅，我开玩笑说，我接着又讲了一句更粗俗的话，我说——不找高富帅我找什么呢，对吧，哈哈。

独眼女人也哈哈两下，但是比我妩媚一百倍，和这样的女人在一起，就是觉得自己连性别都被剥夺了，反正她很聪明，一定知道我只是开玩笑。另外我不知道他们（独眼女人和开车人）在第一次做爱的时候，是不是就已经盲了，还是那之后才盲的，是不是因为这个盲的呢，也许这些都不存在。但看上去他们是老情人了。

从我的后座看上去，独眼女人最喜欢抱着自己的肩，她穿着薄毛衣，头发很长，有时候还有吱啦吱啦的静电，偶尔回头的时候会发现皮肤白皙，和这个地区的男人很不一样。看久了，会觉得这是一尊快融化的雕像。或者是，有一半已经开始融化了。听着这些吱啦吱啦的静电，我都会产生一种不切实际的联想，当一个人想做点儿什么的时候，缠在你身上的电网就开始工作。所以事实上，人，什么都不能干。

开车人胡子拉碴的。胡子拉碴是我想象的，一天过去的，男人的胡子应该都长出来了。这至少证明他是一个还活着的男人。独眼女人给他披上了一件军大衣。

我问他们两个人，但我不知道应该问具体的谁，我说——在这样的地方，你们相信什么。

独眼女人说——没有，但我愿意说有。

为什么。我问。

为了让自己看上去善良一点儿。独眼女人说。

我看着独眼女人，我觉得可真不一般，何况还盲了一只眼睛。凭她这样的智商，在京市，也不会给自己饿死。

我忽然想起何言给我讲过的一个事情，他说他的一个朋友，也是在外地，但不一定是在西北。也是在路边，这样漫漫长途的某个停靠点，找了一个女人，之后，女人还免费请他吃了碗炒面。

何言这样给我讲的时候，我一点儿都不怀疑他说的朋友也许就是他自己，因为如果是他，我想，他至少活着的时候碰上了古往今来的一种情谊，那是什么，我说不清楚，可能就是一碗绝世无双的炒面吧。

也不知道何言这会儿在干什么呢。

独眼女人的脸上有几颗痣，就像几颗小星星。

我知道有一种小姐可以多给点儿钱带出来，不光和你做爱，还可以和你吃饭看电影，就像谈恋爱一样，我想，自己真是大开眼界了。但我并不知道她怎么看我，或者说，理解我。

又过了一会儿，独眼女人说，你能看到星座吗？

我说我能看到星星。

她指了一个给我，说，那是巨蟹座，是我的星座。

我说，那我也是巨蟹座，我还哈哈笑了两声。

她说，就是在黑暗中闪闪发光的星座。

我说，这不都在闪闪发光嘛。

我又说，那狮子座呢，这是杨元的星座。

杨元总说自己不像狮子座，我觉得这也有可能，人生什么错都有可能，比如你妈妈把你出生日期记错了，比如你不是你妈妈生的，在医院的时候手上的号码看反了，比如，你不是你妈妈和你爸爸生的，这种事儿，谁也说不好哟。

我问独眼女人你怎么知道那是狮子座那是巨蟹座。

她说，这不是有层次的排列嘛。

我又看了半天，脖子酸得不行。

我说，看不出来。

9

因为我是真的什么都没有看出来。在城市生活太久，夜晚不是这样的，夜晚被城市的光源充斥，以为星星就长那样，这里不一样，流星一会儿一颗，就像许愿不要钱一样，可我不知道许什么愿，我总不能说别让杨元死吧，这已经不可能了，我无非请求他再多呼吸一会儿。我还想祈祷让我跟何言不要再争吵，平静地生活下去，但我想，这也不可能。如果所有的愿望都能实现，这个独眼女人为什么还在这儿当小姐呢，我这样想的时候，她瞥了我一眼，我双手合十，把食指翘了起来，闭着眼睛，我顺着我食指的方向想：多么浩瀚啊，没有被污染过的银河从一个天边流向了另一个天边，于是我马上在心中默念——那就别让杨元受罪了吧。我想我这样的祈求方式并不对，但我不想停下来，我又开始滔滔不绝地说——希望不要在我们做朋友的这些年中，他因为我不快乐过。

当我睁开眼睛的时候，独眼女人正在用她那只不盲的眼睛看我，她的眼睛亮得很，就像一个小星星，我忽然得出一种结论，也许开车人爱她呢，万一呢，看她那只仅存的亮晶晶的眼睛，是多么的享受啊，但我想，独眼女人一定没有用享受的心情再看我，她已经多少知道了我是从事什么的，也许就是她心中的那种有些文化的人，我刚才闭着眼睛，双手合十，一定是在做一些病态的抒情，她冲我咧咧嘴。我没有反应，我尴尬地说，你知道，我们离这些星星有多远吗？

独眼女人说——看得见摸不着。

我说，最近的也要五光年。但是在我们的思维里，它就是此刻的星星。我接着说，就是随便一个星星的光发出来，我们也要五年之后才能接受到。我们现在看到的都是五年之前的。

其实我对天文一窍不通，这些理论全是杨元在邮件里给我写的，我想，他也是从什么地方抄来的吧，有一段时间我们总是聊星星。好像我们特别了解星星一样。还有一次他说他正在编的考古刊物上有一篇文章，就是关于古代人对星星的研究，特别有意思，可是到底怎么有意思，他也没说，我想，他不是故意不说，而是推断出来就是说了我也不懂，他的推断没错，我只能记住一些简单的原理，比如五光年，世界就是靠原理运转的，只要知道，没人在乎现在的你，只有你自己在乎自己，连没有被污染的星星都不在乎你，当它想在乎点儿什么的时候，已经是五年之后了，时间是奔流不息的，五年会发生很多转变。

独眼女人看着我，好像在提醒我：我光靠一只眼睛就比你了解更多生活是怎么回事儿，我不知道什么太阳绕着地球转地球绕着银河转，可我知道：生活就是这么回事儿。

开车人继续开车没有看星星，他一直调着广播，发出吱吱啦啦的声音，就像在和外星人接信号。开车人并不傻，我想，他一定知道，这里是不会有什么信号的。但他并不能停止这样的动作。

前面就是阳关了，开车人又开了一小段路之后把车停下来，他点了一支烟。还问我抽不抽，好像我们已经相处了不止一天，而且就要这么相处下去了。他给独眼女人拿出来一支，他不需要问什么，他们知根知底。

这里看日出不错，开车人问我，就像太阳升起来是他安排的一样，好像因为他占用了我的时间，于是我的朋友快死了，所以非要送我一点儿什么一样。

我说不用了，我想——他在搞笑吧。我可不想做这种交换，不然杨元听见了，非得气得活过来。再说了，我也不想看什么日出，太阳每天都升起来每天也都落下去，周而复始，每天都发生的事情有什么好看的呢，怎么没人看每天大小便呢，别和我说什么新的一天这种鬼话。

我说，不看日出了，带我去看看阳关吧。

不知道为什么我忽然觉得我见不到活着的杨元了。

开车人说，不去看朋友啦？

我说——来不及了。

开车人说——那可进不去。

我说，那就不进去。

开车人摇头，我想，他是不是要钱。

我有钱，可我不想给他了，没有什么原因，就是不想给他了。

你就带我去吧，独眼女人说。

开车人说，明天我就把你和她，都一块儿送回去。

我多送你几个小时，独眼女人说。

我觉得自己被赏赐了，望了望头顶的银河，是呀，银河绕着什么转呢，大概就是靠这种善良吧。

开车人说，有一条路，可以远远看，近处就要你自己爬，可，就是个土坡。

走吧，我说。

别的地方不去了？开车人问我。

我说，不去了。

他说，确定不去看朋友了，

我说，去阳关吧。

10

杨元有一次在邮件里和我说——生活如此具体，以至于人们每天所做的都差不多。是什么魔力促使这些人如此一致地去从事这些事情呢。

我在邮件里和他说，这还不简单嘛。你不是明知故问吗，你担心自己变成他们，仅此而已。

另外我怀疑有一句实话杨元没有告诉我，就是本质上，他是什么都不想做的。不是被某种崇高的力量驱使，可能仅仅就是懒。

我想，于梅是冒了很大风险嫁给他的。

于梅有一段时间开了网店，我不能笑话别人，可我总觉得网店这种事情是让不怕麻烦的人去做的。如果没钱就不应该做生意，小生意挣不到钱，大生意和小生意的复杂过程差不多，大生意需要更多钱，可是有了钱，谁还做生意呢。所以我觉得于梅就是瞎折腾。

杨元也从来不和我说什么新闻，只要是别人关心的，他一律不关心，我和杨元说，这在国外就算反社会人格了吧，他一向温文尔雅，有时候喝多了，我想是喝多了，他会在邮件里和我说——我最烦社会了。我觉得他说得一点儿都没错，社会也烦他。

他还不如这个开车人，或者这个独眼女人活得具体呢。想到这些的时候，我忽然想号啕大哭。我用衣服捂住自己的嘴。

何言的信息又过来了，他在信息里问了一句让我更郁闷的话，他说——喜欢那儿的人吗，我想——何言的脑袋真是花生米之类的东西，干吗要喜欢呢，人又不是甘肃特产。

我给何言发了个信息，我说我是不是老了。

他说不要总想老了，你怎么不想想汽车变旧了呢。他又说，自己最近想换一个汽车，他这辆车已经开了太多年。

有些生活就像是无期徒刑，有这样的广告吗？朋友，想体验无期徒刑吗？来结婚吧。唯一能让这种无期徒刑有点儿新意的就是拼命挣钱，买一辆车，再换一辆车。我对何言这些移民和买车的事情缺乏足够放大耐心。而他还以为这些事情可以让他变得不那么小市民。

何言最怕的就是我和他变成小市民，我问他什么是小市民，他说志明和春娇就是，这个解释倒是颇为新鲜。我觉得当个小市民不错。何言说话的声音像一个东北大炖菜，我觉得他生下来就不能改变小市民的属性了。何况他还是做电影的，这都是离小市民最近的行业，当你做了电影这个行业，你就几乎找不到比做电影更没意思的行业了。我有时候都想为这个行业的人祈祷。做电影久了人很干燥，比大便干燥还干燥。

我想到了一些可爱的职业，比如在这个地方当一个孤独的牧羊人，可是一路上我连一只羊都没看见。我再次闭上眼睛，人有时候能做的就是闭上眼睛。闭上眼睛之后会无端地听到来自天边潮水一般的声响。我想到一些抒情的时刻，比如杨元偶尔会在邮件里告诉我：今天的云彩很漂亮，就像圣诞老人的胡子挤在了一起。

我追问他会不会过圣诞节，要不要来京市过，他就不说什么了。避开这些具体的问题，然后又会在邮件里和我说些没头没脑的话——比如，科学破坏了人类的幻想，科学再这么搞下去，人类就完蛋了。

有时候我觉得，杨元就像穿越非洲大草原的角马一样，但他并不是在奔跑，只是慢慢悠悠地走着，等着被狮子一口吃掉。

就在这个时候，于梅的信息过来，说——杨元走了。我不敢打开车窗，我觉得星星会噼里啪啦掉进来。

我们就这样开到了阳关。

11

我一点儿都不失望，因为它就是一个小土坡，正像别人描述的一样。往上面爬的时候几乎没有路。

白天的时候是绿色的，开车人说。

我一个人下车，开车人没有跟过来，独眼女人跟了过来，我和独眼女人说，你等我吧。

她说——我比你熟。

于是，我们就顺着往上走，想想，这个场面多荒诞，几乎没有路，我很担心踩下去的地方是一些深洞。我用手机照着，前面就是一块儿突兀的石头，四周用栏杆围了起来，就算是白天，我想也不会有什么人来。

玉门关就不一样了，独眼女人说——人多着呢。

我想——关我什么事。

到了，我说。

我说得很无力，好像是我骗我自己来一样。

我打算绕着石头，或者说是土堆，走走，我不知道这算石头还是土堆。

我和独眼女人说，那你在这里等我一下，我看看，就下来。我想，大概也看不了多久，我也不想酝酿什么情绪。

小心，独眼女人说。

我说好，我又说——我两只眼睛好着呢。

12

当我绕到后面的时候，四周的一切都消失了，没有声音。我想，这下安全了。于是，我蹲下来，我已经哭不出来了。

我想到那首诗，“劝君更尽一杯酒，西出阳关无故人”，我想——你们都翻译错了，因为正确的意思是，去死吧。正常的一生才两三万天。杨元大概活了一万多天。

说出来没人相信，流星依然到处都是，比刚才路上还要多，但我也一直不明白流星这种东西到底是怎么回事儿，更不明白有人冲它许愿到底是要干吗？我忽然在这片土地上打起滚来，我平时并不常做这种事情，于是我就真的打起滚来，我一边打滚一边笑，我不知道有什么可笑的，我也不知道得白血病疼不疼，应该挺疼的吧。他们夫妻真够倒霉的我想，当然，也不是最倒霉，比如，他们并没有孩子。就像京市人说的：生孩子还不如买房呢。难怪有人说，生孩子是新社会的四大恶。另外的四大恶还有交朋友，这些奇谈怪论也是我在朋友圈看到的。里面说——朋友这种事真的很难，富人和富人是不能当朋友的，因为之间只有利益；穷人和穷人也是当不了朋友的，因为根本禁不起利益的考验，至于穷人和富人之间，想想，这算是一种朋友关系吗？

就在这个时候，电话响了，是于梅，于梅在对面喂喂了几声。我没有再说话，我想，以后我和她的联系也不会有了。电话挂断之后，于梅又很快给我发了个信息，我很奇怪，在这种情况下还能想到我，是于梅用杨元的手机发来的，于梅在信息里说——你不用感觉抱歉。

我想喊出来，反正四周这么空旷，会把我的声音全部吸进去，就像在京市，我们经常要消磨掉夜晚去的那些KTV，每一间和每一间都不打扰，多亏了这些吸音的墙壁。这是人类多么好的发明啊。那些声音被吸进去之后去了哪儿，会不会回到过去，比如会到很多年前。上学的那个时候，杨元最喜欢骑着一辆快散架的自行车在校园溜达。我到现在都很奇怪，他是怎么一直保持那辆自行车没散架的，而且总是跑不完气。他骑自行车的咔咔的声音一会儿近一会儿远，我忽然尖叫了一声。

这个地方没有人，也许有外星人吧，他们可能会听到一声压抑的尖叫在暗哑的夜晚。

我擦了擦眼睛又看了看于梅的信息，没错，她写的就是抱歉，和前面一个字之间还有一个停顿，不是难过，不是不安，也不是别的什么，就是抱歉。

虽然我也不知道自己有什么可抱歉的。看着远处的山，我想——杨元终于得救了。也许已经变成了某种巨大的爬行动物随着日出即将出现在天边。此时此刻，这个土坡后面简直成了地球上最黑暗的地方，有一种叫人心醉神迷的美。我忽然有了在劫难逃的感觉。

一九九七年的一家人

1

十一岁，夏天的月经还没来。她看见红色的电光纸都会想到自己的月经还没来。但是她并不经常看见红色的电光纸，所以她并不经常想到这件事。十一岁的时候是一九九七年，也就是说一九九七年的时候，夏天的月经还没来。那一年，地球上发生了很多大事，有一只小羊首次公开亮相了，她的名字叫多莉，她竟然不是因为性而是因为“克隆”。在地球的另一边，有亮晶晶的不明飞行物在黑夜一闪而过，没有人知道那是什么，只是给即将到来的新世纪增加了一丝来自过去而并非未来的神秘感觉。夏天想，只是一架飞机吧。

夏天这么想的时候，她真的希望那只是一架飞机啊，因为她连飞机都还没坐过呢，坐过飞机再来过月经，她就会变成一个大人，带着自己身体在天上飞来飞去，就像一团红色的火球。

那一年，去体检的结果是——轻度营养不良。

夏天爸爸盯着体检报告大笑，营养不良？就算是轻度，这也太夸张了，不是夸张，而是，这也太搞笑了。搞笑的事情当然要大笑啦。

你要是不想死你就必须吃饭，夏天妈妈说。如果你死了，你就不用吃饭了，如果你还没死，你就要吃到死为止。这是一个多么简单的道理呀，就算是一个十一岁的人也应该明白。

你的明白，夏天学电影里的台词对镜子说，米西米西。

因为最让夏天爸爸觉得搞笑的是，作为一个总经理，你的孩子怎么会营养不良？

虽然在一九九七年，总经理比人都多，有一个笑话说的就是这个现象：天上掉下一个椰子，砸死的十个人里面，一定有九个总经理。但不知道为什么，夏天觉得，自己的爸爸是那幸免于难的一个，更何况在他们这座城市，天上怎么会掉下椰子呢，夏天最喜欢吃西瓜，要是掉，也得掉下一个翠绿色的大西瓜啊。夏天出生在夏天，夏天正是吃西瓜的时候，但是想到唯一的爸爸就这样被砸死，可让她开心不起来。为了让爸爸当一个名副其实的总经理，夏天决定努力米西米西，就像天空有一架飞机经过，她只要张开嘴用勺子把香喷喷的米饭放进去就好。她想长高长胖她想长大。

夏天爸爸开了一家小小的公司，所以他自然就是总经理，他不当总经理谁当呢，也许他就是为了当总经理才开了这家公司，有了总经理，就要有一个总经理秘书，最好是一个女秘书，有大波浪头的女秘书，于是，夏天的生活中就真的出现了一个有大波浪头的小孔阿姨。一切都是她在那些漫无边际的暑假或者寒假电视里看到的，毫无预兆地就出现在了她的生活中，一个浓妆艳抹的小孔阿姨。也许她不是浓妆艳抹，但是她应该浓妆艳抹才对。电视里就是这么说的。

爸爸是小孔阿姨嘴里的夏经理，小孔阿姨的腰很细，从远处走过来就像一个摇摆的小剪刀。有时候穿着裙子，就像一个有流苏的小剪刀。

夏天的月经迟迟没来，她每天都努力吃饭。她也想什么时候可以变成一个摇摆的小剪刀，但她不喜欢大波浪，那样看上去像一个妓女。

他们一起去过海边，这是一九九七年的秋天，一个秋天的海边，看上去正像一九九七年的一家人。

一九九七年，一路上，没有车，从京市开到海边，平缓的景色没有变化。因为不需要变化，一九九七年，夏天爸爸就拥有了一辆小夏利。小孔阿姨坐在前面，夏天从后面就能看见她的大波浪，她想用手扯下来，可是没有那样的机会。万一，她想——万一是假的呢，真的头发怎么会像云彩一样这么美丽啊。那样一来，小孔阿姨就成了没毛的鸡。谁会喜欢一只没毛的鸡呢，此时此刻，夏天感觉真的有只小鸡在耳边咯咯叫。

再没有别的声音。

空旷得可怕，只有很少的车从他们旁边飞驰过去，或者从对面飞驰过来，每一辆车，都比这一辆开得快，夏天能想到的形容词就是飞驰，连飞驰都没意思了。因为平缓的景色没有也不需要变化，也许，他们的车是故意要开这么慢。因为他们看上去多么像一家人啊。

夏天爸爸的公司去京市的海边旅游，他们三个人在一辆车，其实根本没有一家人。夏天一路上都在折电光纸，她把电光纸铺在夏利后排的车窗上，窗外的太阳变幻出各种颜色，但是没有一种颜色可以遮挡住太阳本身的颜色，因为它是太阳啊。

在海边的时候并没有特别的旅游项目，只是在海边，从这里走到那里再从那里走到这里，没有开头没有尽头。只有一个可以称之为奇妙的发现，因为走近了看，夏天承认，小孔阿姨就不那么像剪刀了，人怎么会像剪刀呢？这不合理，事实上，你会被她的眉毛吸引，因为这可不是一条天然的眉毛，虽然不天然，但是看上去，比妈妈的美，夏天对自己的这种感觉表示愤怒。

接下来，小孔阿姨和自己说的第一句话是——要不要画眉毛啊。

夏天也没想到自己和她说的第一句话是——妖精。

她还以为会说出妓女，但这两个字在她心中一样一样的。

当然，用那只可爱的小嘴说出这伤人的话实在太不对了。

小孔阿姨扭过头一点儿也不生气，海岸线这么长，她可以随便走来走去都不必叫人发现，小孔阿姨不光不生气，还用手摸了摸自己的眉毛就像要证明自己是妖精一样。

于是夏天在肚子里，又说了十遍二十遍妖精，妖精，妖精，妖精，妖精，妖精，妖精，妖精，妖精，妖精，妖精……

在她那样的年龄，她只是突然想起这个词，她在很多地方看见过这个词，这个词就像一只可爱的小猫或者小狗从阴影中跑出来一样，没有人会被一只小猫小狗伤害。

她只是一个无足轻重的人。

在肚子里，她终于说累了才不再说，这种诅咒是从肚子里发出来的，说得多了，夏天就感觉这两个字组合在一起很不稳定，已经失去了妖精的含义，于是她开始摆弄起脖子上面的一条彩虹颜色的丝巾。她一会儿摸摸红色的地方，一会儿摸摸绿色的地方，红绿相间的地方是黄色，就像把交通信号灯套在了细细的脖子上，她一会儿拉过来一会儿拉过去，给丝巾最底下的流苏编小辫儿……很快她真的编了几个均匀小辫儿，如果继续这么编下去，她能把自己也编进去。

这样一来，小孔阿姨和她说的第二句话是：哎呀，小辫儿。

夏天判断，她的“哎呀”两个字，不是装的，好像她真的很喜欢这些彩虹颜色的小辫儿一样。看着她的大波浪，夏天想——俗气。于是用了两三下就把小辫儿都抓烂了。

爸爸说小孔阿姨来自南方。南方，那是什么地方？反正夏天还没有坐过飞机，飞机能到的地方就是南方吧。

他们在海边待了一天一夜，很快就回到了京市。

2

当着黄小军的面，夏天把娃娃的头扯下来了，她很吃惊这么容易就扯下来了，她用自己的小手腕，咔嚓一下，头就扯下来了，甚至不需要第二下，脖子成了一个洞，只能说它现在都不能叫娃娃了，这只是娃娃的局部，在去京市海边的路上，小孔阿姨忽然送给她的，送得很突然，夏天都没有机会不接过来，虽然夏天有过各种各样的娃娃，但都没有这一个漂亮，现在，就是这样一个光滑的身体，被扔到黄小军脸上。她把头扔在地上，还踢远了，脸颊粉扑扑的，金发很蓬松地垂到地上，就被一起踢跑了，蓝色的玻璃眼珠盯着比玻璃眼珠还要蓝的天空，天空很蓝，因为它就应该那样的蓝。

黄小军把娃娃捡起来问夏天：他们会离婚吗？

会吧，夏天说，看着黄小军在当时很流行的四大天王发型，夏天觉得他傻透了，还打蜡抓起来，就像一个发光的小火炬，也因此懒得跟他再说更多的话，一个小火炬怎么会理解她的苦恼呢，夏天尴尬地笑了两声，这真是苦恼人的笑啊。

那你和谁住呢以后，黄小军又问。

仅仅一个小时前，夏天打碎了家里的一小部分东西，还有喊叫，仿佛喊叫有什么意义，她把手指堵在门上，母亲拽门，如果继续拽下去，她的手指非断了不可，那样也好，她就可以获得一个没有考试的假期了。

母亲要跟父亲离婚。

我们走会儿吧，秋冬之交，天气开始冷了，夏天拉住黄小军说，命令你把娃娃扔了。

于是黄小军把娃娃塞进兜里，站起来的时候，还从他们坐下来的马路沿上捡了几个小石头子。

夏天走在前面，黄小军拿石子从后面扔夏天，可是没有一次扔准，总是扔到她的左边或者右边，夏天从地上捡了一些更大的石头子给他说——扔吧。

她这样一说，黄小军就不扔了，黄小军有些感冒，把流出来的鼻涕都擦在袖子上，袖子上亮晶晶的，于是他说，那你扔吧。

夏天不知道自己为什么要扔他，她觉得这是儿童游戏。

黄小军说，你心情不好就扔吧。

你妈不要你了，我妈也不要我了。黄小军又说，不对，这么说不准确，是我妈不要我爸了，反正我妈没说不要我。所以你看，我现在挺好，好得不得了呀，那你妈能和我妈比吗，你爸能和我爸比吗？不知道为什么，夏天知道再这么说下去，就是你能和我比吗？

于是她不想再说，她感觉小肚子一阵疼，刚才坐在马路沿上太凉了。

是不是因为流血，黄小军说，我妈说过，一流血就肚子疼。

捂了一会儿小肚子之后夏天说——你没妈。

这么说过之后，夏天很后悔，因为她也就要没妈了。一个没妈的人怎么能嫌弃另外一个没妈的人呢。都是没妈的人。黄小军否认不了这件事就一个人往前走，夏天就小跑到他前面，冲他哈气，两个小辫儿在肩膀上摆动，两个人正穿行在灌木丛的阴影中。那个时候，马路边就是灌木丛，黄小军把手插在兜里，大概是在摸着娃娃。他舍不得扔，就算是一个身子他也舍不得，黄小军除了个子小，看上去很潇洒。

这个城市有很多自行车，那些自行车就在他们旁边骑来骑去。让整个空间看上去在向不同的维度伸展。

你爸和你妈是离婚吗，谁不要谁的呢？夏天听着这些咔嗒咔嗒的声音忽然问。

我不知道，我七岁的时候，我妈出去买鸡蛋，就没有回来了。

你妈是不是死了，在夏天心中觉得大概就是死了吧。于是她说，哎，你要是不吃鸡蛋就好啦。

我妈没死，黄小军说得很小声，他并不确定，两个人继续往前走，夏天找到一个水龙头，洗了洗手，天气已经很冷了，但她就是想洗洗手，她觉得刚才拿娃娃很脏，然后把水印都抹在了黄小军的衣服上。一边抹一边说，别生气了，你不是说我们要做无话不谈的朋友吗？夏天又说，我妈今天一起床就要摸电门。

我妈没死，黄小军说，他又重复了一遍但是依然没什么底气。

两个人就这么走到了街心花园，这只是一个寻常的周六的傍晚，他们无所事事，国家已经出台了双休日规定。花园里没有什么花了，夏天抠着墙上的皮，把一些剩余的小花也给折断了，她又折断了另外一些颜色的小花，反正都是要折断，为什么要挑颜色呢，她想不明白这种事情。

那我以后就不上学了，夏天说。

所有的树叶都没有动但只有一片在猛烈晃动，因为夏天正在用手猛烈晃动，就像在对着这一片树叶发誓。

她穿的花裙里面穿着秋裤，天气已经冷了，但是她想显得好看一点儿，看着远处的城市和近处的一些小蚂蚁，这些蚂蚁过不了冬天她想。

你敢碰她们吗？夏天问黄小军。

我不碰。

那我让你碰它，你敢吗？

我不碰。

没劲。夏天说完，用一个小树枝挑起几只，朝很远的地方扔了过去。

离太阳落山还有很久，但不知道为什么，城市里会有雾，是真正的雾，像水一样聚集在一起。天气这么晚了不应该有雾。

你看这些雾，黄小军说。

夏天看着这一切想——简直就是白色的屎。

虽然小小年纪，她就会说屎尿屁这些了。她接着说，她发誓不要变成优雅的女人，大波浪就是优雅的女人，说屎尿屁的就不是优雅的女人。

她这样想的时候，街上走过来一些浓妆艳抹的女人。就像是特型演员。

黄小军问——是不是这样？

一会儿又问——是不是那样？

夏天觉得烦躁极了，因为她觉得哪一个都是哪一个又都不是，每一个人都这么漂亮都应该得到爱情。于是突然，夏天抓住黄小军的一只胳臂，在上面留下了两排牙印，因为黄小军很潇洒，天气冷的时候也要把袖子挽起来，所以咬起来很方便。看着粉红色的牙印夏天想，这些，很快就会消失，用唾沫擦一擦看上去就没这么明显了，于是夏天真的在黄小军的胳臂上啐了几口唾沫。

走吧。黄小军说，他比夏天矮，可是总是跳起来拍一下她的脑袋，就像对付一只小猫小狗，或者一只流浪的小猫小狗。

每条街上都能闻到煮晚饭的味道了。

他们慢慢往回走吧，黄小军说，他这样说的时候，一会儿把外套系在腰上，一会儿围在脖子上，还会偶尔搭在胳臂上，有时候就被拖在地上。

你真不讲卫生，夏天说。

我妈给我洗衣服。

你没妈，你妈是女大学生，她是后妈，后妈不给你洗衣服。

黄小军说，女大学生也会洗衣服，只要把衣服放在机器里，按一下，别说女大学生，就是女硕士，女博士，女外星人，都会洗。

夏天想让黄小军安静下来，但他喋喋不休，好像他真的会有一个女外星人后妈一样。

夏天想，电视上都说了，在地球的另一边，有亮晶晶的不明飞行物在黑夜一闪而过，没准你的女外星人后妈就坐在里面，等着来地球给你洗衣服，夏天越说越欢快。这一回，轮到黄小军要制止她了，但是没有用。

夏天忽然哭了。

她的脑袋里有一系列破烂儿，地球的破烂儿，还有地球外的破烂儿，可没有一件是自己需要的。

四周透着寒光冷冰冰的，时间并不晚，大概是快到冬天的缘故，两个人走到胡同的拐角处，往左边就是夏天家，往右边就是黄小军家，他们停了一会儿。那一年，同学中忽然流行起一个笑话，墙和墙总是喜欢说，拐角见。

就像他们两个人此刻的处境一样，他们正处在笑话的中心。空气中，有秋天臭臭的味道，多亏是秋天，如果天气变暖，臭臭的味道就会加强，形成新的密度。

接下来就是一阵沉默，这种沉默真是要命，忽然之间，毫无预兆的，黄小军的脑袋一定是被黑暗中的一头驴踢了一下，他说——夏天。

啊？夏天用手抠着墙壁上的土渣，反正天很黑，看不出来指甲缝里面的泥。

啊？第一声之后，夏天又啊了一下，她受不了沉默，简直是一种变态。

也许很多年之后，夏天看现在的处境，她一定要提醒自己，忍受这种沉默吧，在她后来长大的时间中，做过太多的蠢事，都是以为忍受不了这种沉默，于是事情总是不可逆转地朝着确定走下去，而一旦确定就成了一种新的终结，

黄小军说——咱俩，亲嘴吧。

此时此刻，黄小军已经超越了这沉默，形成了新的沉默。夏天很失望，黄小军为什么不说我能抱抱你吗？或者随便什么？亲嘴？这个词，就像在那样的岁月中消

失了一样。只有土鳖会应用，现在这个角度看上去，黄小军真像一只土鳖，一个土鳖中的生瓜蛋子，而她自己，连月经都没来，飞机也没坐过。

夏天不知道说什么，说什么都是错的都是对的，她就这么双腿交叉，剪影一样，消失在黑暗中，天好像一下子就黑了。接下来，她做了一件自己也没怎么闹明白的事情：夏天把黄小军的眼镜摘下来，用手指肚摸了摸他的眼睫毛，灰黑而浓密，脸颊像小狗爪子上的肉垫圆乎乎的。在黄小军后来长大的岁月中，也许那些棱角会逐渐显现，但此刻并不。黄小军的头发很软，摸上去就像学校门口卖的小鸡茸毛，耳朵有点儿大被粘在两边，夏天承认，自己最喜欢他的睫毛，大概是为了证明他的睫毛很长，夏天的手在他脸上移动起来，一会儿上坡一会儿下坡，嘴唇是山河，鼓起来的时候像小鸡冠子，眼睛很亮，像颗珍珠。这个眼神搞得当时的夏天很迷惑，不知道是不是应该继续瞪着他，黄小军不敢动了，僵硬的面部就像一座冬天板结的小土堆，离得太近，从夏天的余光看过去，他的脸都碎掉了，浮动着，和身体一样，变成重影，地面凉丝丝的，衔接着制服一样灰色的天空，声音全被沉默冲掉了。夏天听不到黄小军是不是又说了什么，他不会该把那五个字又说了一遍吧？她多么希望他再说一遍，也许再听一遍就没这么失望了。但黄小军的话就像被隔绝了一样，存在于一个真空中。她为什么要这么说呢？夏天想。于是她把手从黄小军的眼睫毛上面拿下来继续挠墙，有些刺耳，就像老鼠在啃，这么黑，也许真的有老鼠。但是她没说，她要说出来黄小军就会害怕，他连蚂蚁都害怕，她不配和自己亲嘴，那种失望又到来了，老半天之后这种声音停止了，就像浮云在散开，他们彼此感到可以在交错的云阴中继续往前走，意外结束了，否则这样一直尴尬地把姿势维持下去，世界真的会从他们站立的地方卷起来，两个人就会像被裹在湿漉漉的地毯里一样陷入长久的绝境。

黄小军重新自己戴上眼镜，他戴着很厚的眼镜片，检查视力的时候总是要在很近的地方才能看见E，夏天甚至想过，自己不能嫁给他，因为没有人愿意嫁给一个瞎子。

那些地上的小石头子再次拯救了他们，夏天捡起两个，一人一个，两个人把石头子扔到对面的墙上，又弹回来，再扔到墙上，再弹回来。空气很冷，夏天感觉自己的鼻翼像小马驹一样张开和太阳穴上脉搏的颤动一个频率。

你闻上去有牛奶味，黄小军说。

你不好闻，夏天说。

那我闻着像什么。

闻着像死鱼，夏天也不知道为什么这么说，因为一点儿也不像死鱼。她甚至都不知道死鱼是什么。大概是她中午刚吃了鱼吧。她不喜欢吃鱼，但是吃鱼会更快地长大。

他们都一致地忘记了几分钟之前那无名的对话，就像火星在黑暗中闪了一下，只有一下，就长久地熄灭了。

分开之前，夏天说——你明天见我吗？

黄小军把眼镜往上抬了抬，他点了点头，眼镜掉了下来。

3

星期日。

夏天穿了一身黑衣服还有小白鞋，但刚出门她又回去换了红色校服，她不想看上去全是黑的，她的校服上面有一个烧焦的洞，她喜欢把手指穿进去再穿出来，于是这个洞越来越大。

路上，黄小军买了和路雪，嘴巴上吃出了一个白圈，干了之后成了一圈白胡子，夏天用手指擦了一下然后放在自己嘴里尝了尝。

好吃吗？黄小军说。

不好吃。

你想吃什么？

我想吃炸糕，奶油炸糕！

早点吃过的东西在胃里停留，等待被短暂地消化，夏天依然是轻度的营养不良。远处传来电报大楼的声音，快到中午了。

他们谈论着奶油炸糕的时候，看见了路边一只被轧死的老鼠，这是两个人第一次看见尸体，甚至不能叫尸体，只是死老鼠。死老鼠旁边是一条一条的扫帚的痕迹，他们往夏天爸爸的办公室前进。

有一件事情夏天不敢告诉黄小军，昨天晚上她竟然尿床了。虽然在儿童时期，夏天总是尿床，因为她总是做这样一个逼你尿床的梦，梦中：她找不到任何地方，于是她躺下的地方就成了任何地方。

很多年之后，夏天看到一本书里写：连环杀人狂有三个特点：尿床、放火、虐待小动物。她觉得这本书写得很不准确，因为，看样子，她就要这么平安地活下去了，或者碰上一个连环杀人狂。有另外一本书上说，碰上连环杀人狂的概率不会比碰上爱情更低，不过这都是很多年后的事情了。那个时候她再也不尿床，这一生唯一改掉的毛病就是尿床，再也不必在温热和潮湿中醒来。

4

夏天爸爸的办公室位于一间地下室，木头的桌子和椅子，坐上去很硬，夏天和黄小军把每个位置都坐了一遍，夏天把写着“忍”字的海螺在手上摸了摸，海螺看上去就像一个大屁股还被刻上了字。墙上倒挂着一个“福”字，夏天和黄小军没有说话，因为说话的时候有回声，而且她竟然有些不好意思说话了，虽然她才十一岁，爸爸和这一切构成的审美都太差了。

当然，这个人是你爸爸，所以就一切都不一样了，世界充满悖论。世界靠悖论滚动。每个悖论里都藏着成千上万恐怖故事，翻卷着。就像海螺的纹路一样。

夏天又用手掂了几下海螺，是在京市的海边买的，放在耳边仔细听还有声音，就像风把沙子吹进耳朵里，她想起了那次旅行，这样想的时候，望出去，太阳的边缘都模糊起来。

外面要下雪了，夏天看着窗外说。

天气预报没说要下雪。黄小军很确定。

只有白痴才看天气预报。夏天把手伸出去说，她真的能感觉到雪片，一片一片的。她在地下室，还有一些行人的小腿走来走去，她觉得这个视角好极了，怪不得爸爸每天都来公司，而且要停留那么久。

黄小军站过来说，好吧，我就是白痴。

外面看上去很亮，夏天用手揉了揉眼睛，她想起上下学路上，科普画廊中的那些外星飞船，落到地球上的时候就是这么亮。从地下室望出去，前方的路向两边延伸，融化在很远很远的地方。

夏天想爸爸每天就在这么硬的地方，要一直坐到太阳快下山，忽然想算了。桌子上的茶杯和家里的一模一样，有个茶杯盖，总是掉下来。所以妈妈用摩托罗拉寻呼机的链子给拴上了，夏天用链子这么吊着茶杯盖，看了半天，她甚至怀疑，这个就是家里的那一个。可如果这样的话，那她在家里看到的那一个，又算什么呢？

你妈厉害了。黄小军看着链子说。

夏天也觉得有点儿厉害，于是就给拆了下来。

过来，她对黄小军说，送你一个东西。接着，夏天把链子就这么系在了他的手上。

我能摘吗？黄小军说，要是被我爸看见了，肯定问我是谁给的，那我能说是你给的吗？

夏天没有回答他。她觉得这个问题属于白痴，她觉得眼前这个人都有点儿白痴。她甚至觉得全世界的四眼都有点儿白痴，爸爸也是四眼。

茶杯里还有一些剩下的茶，夏天喜欢等茶凉了放上白糖一起突然喝掉，喝掉得很突然，就像那些茶叶不知道自己会被喝掉一样，最后只剩下残留物贴在茶杯壁上。但是现在，她一点儿都不渴，不知道为什么，她还叹了口气，这是一个长条形状的地下室，很阴冷，正像地下室应该有的阴冷一样。偶尔，会有鼓风机，不知道藏在什么地方发出呼呼的声音，有一些暗淡的灯泡在两个人身后亮着，因为是周日，所以并没有人，夏天知道一条进来的路，他们就在这边的总经理办公室，长条的尽头是杂货区，杂货区很脏，水泥地上染着油斑，有一个打开水的锅炉，还有一个垃圾箱，里面是一些烟头，给人一种公司经营状况平平的感觉。

从这边走到那边又从那边走到这边，两个人把每个屋子都检查了一遍。

然后呢？黄小军问。

我要把东西弄乱，这样我爸爸会讨厌她，会离开她。夏天说，她这样说的时候好像她已经想了很久。

万一你爸爸不讨厌她，不离开她。黄小军觉得这句话的分量还不够于是又说，万一你爸爸还是和她结婚了怎么办？

你走吧。夏天说。

我不走。黄小军说。

只是，当他们说出这些的时候都觉得也许夏天爸爸真的会和她结婚。

就这样，他们继续一间一间屋子地看，可是，每一间屋子的柜子都太高，而且他们并不知道这一切应该属于谁。夏天扬着脖子看了很久，直到脖子酸了，她又拼命摇晃，完全撼动不了一丝一毫。

黄小军看了看刚刚被拴在手上的小链子说——我来吧。

夏天不知道说什么或者还能做什么就把手放在口袋里，口袋里还有一些饼干渣，她拿出来舔了舔说，算了吧。

夏天只有十一岁，看上去也像一个十一岁的女孩儿一样，瘦，或者更瘦一些，她摆了摆自己的肩膀忽然问黄小军：你有火柴吗?

接下来，两个人开始往门口走。忽然，比她问的还要突然，黄小军点了一根火柴，扔进了，或者说，甩进了，一个门口纸篓。

很快，纸篓就燃烧起来了。

夏天想起全家人一起过年放烟花：窗户上结了冰花，冰柱倒垂下来，而窗外是红色的一片。

就这样，在潮湿的地下室，夏天忽然热得满脸通红，被火苗照着眼睛里的光芒，夏天觉得痒痒的，做了个鬼脸。这都毫无意义，像某种笨拙低沉的乐器响了起来，渐渐到来没有人察觉。

这是一个冬季周日的下午，没有人会上班，父亲在家中日常午睡，阳光只会停留很短的时间。

黄小军被火里的幻觉梗死住了近乎窒息，他也许知道自己干了什么也许不知道，只是一种必须，火并没有烧起来，只是烧了一个纸篓，但是想象放大了全部，那些火苗就像海面上的浪花吐着舌头。它们就像人类刚发现了火一样，这一生再也没有像此刻一样无知而又确定。

接下来就有了逻辑，黄小军把水槽里面的皮管子接了水。皮管子跳动的时候，看上去就像很喜欢自己这么跳动一样，火很快就灭了，甚至可以说，都没有火需要灭。

很多年之后在医院做过一个小手术的时候，夏天才突然意识到挪动的身体正像那个皮管子。

总之并不像一般人以为这是那种没有来得及扑灭的大火，事实上，很快就被扑灭了，轻而易举啊，他们看着自己做过的事情，就这样消失下去。也因此，回去的路上没有人说话。他们连幸免于难的感觉都没有，这一切没道理。夏天手里还握着偷出来的海螺，也许爸爸周一一早就会发现“忍”字没有了，还有一个残骸一样的纸篓。

他们一路往家走，夏天在想，要怎么说明一切，如果不说明，父亲和母亲就真的要离婚了。

路上两个人都没有说话，他们一会儿走快一会儿走慢，他们看见一个瘸得很厉害的人，像一个蜘蛛，夏天想。但是她并没有说出来，她看了一眼黄小军，她想——黄小军也一定觉得像一个蜘蛛，于是两个人突然哈哈大笑，是呀，为什么非是蜘蛛不可呢。

哈哈大笑之后他们又大声唱起了流行歌曲，他们互相冲着对方的耳朵唱，呼出的气吹到耳朵里，两个人互相往耳朵里面呼气。此时此刻，真的下起了雪。黄小军说对了。

你唱得太难听了，她大声对黄小军说了之后往前跑去。

就这样跑了两步，夏天在路上摔了一个大马趴。从远处看上去，就像一只狗，于是她就在路上这么一直趴了一会儿，时间又发生了错觉，只是很短的时间，否则她就成了一只冷冻狗了，黄小军拼命地拽她，可黄小军长得比她还矮，又拼命地说话，从嘴里跑出来的字就冷冻在了空中。夏天就这么趴着，虽然冷得要命，但她再也不想动了。于是黄小军也坐下来，两个人，就这么坐下来，鞋带在夏天瘦骨嶙峋的脚背上勒出了红印。光看脚背就能判断她真的是营养不良啊。

夕阳西下，一种无形的不安捏住了她，一些没有落雪的地方就像水彩画一样阴影浓重笼罩在一片长形的天穹之下。

忽然，夏天说，你不是要亲嘴吗？这一次是她变得毫无预兆。

之后，两个人，两个人影，毛茸茸的肌肤上宁静的感觉。黄小军黑色的短发从帽子里露出来，两个人紧挨着对方，嘴唇上还有一些细小的毛。

这之后，夏天亲过很多很多的嘴巴，湿漉漉的，干巴巴的，但这是第一次她觉得这么脏。夏天舔了几下嘴唇又往地上开始吐唾沫。她不管这算不算初吻，因为第一次发生的事情都不好。

吐过唾沫之后就是甜丝丝的，就像热天潮退后，岸边的味道，还有一点儿咸。四周的城市也原地消失了，这一切都不能再比那些扫过墙角的光线和雪花压在树叶上的声音更真实，2路公交车加速驶过的声音，他们在雪中走路发出咯吱咯吱的声音，目光越过肩膀盯着别的地方就像会有野兽从远处跑过来的没有到来的声音，那些绿色的垃圾桶看上去一天要吃掉很多垃圾才会觉得满足的声音。

月光在头顶不偏不倚。

于是很多事情变成了生命中最重要的行为凸显出来，那条下雪的街缝进了他们的皮肤里，回家的路还很长，笑了一会儿发现没什么好笑的，他们也就该回家了，有一些傍晚的光从云彩里偷出来，像粉红色的条纹。

那个时候街上还没有那么多车，你甚至有机会在街上背着手走两步。

你看，路灯把地面照成了小便的颜色。黄小军说。

小便不是这个颜色，夏天说。

小便有时候是这个颜色，黄小军又说。

于是两个人又哈哈大笑。他们早就忘了自己刚做了什么，又哈哈大笑。

路边拴着的自行车上全是雪化成的泥，有些干燥的地方已经板结了，看上去像比小便还要恶心的东西。

马路两边的水龙头已经冻上了，冻成它最后一次流出来的样子。有一个土堆，白天的时候可以去里面找鸟石，鸟石要找一对，在凹凸处摩擦发出咕咕咕咕的声音就像小鸟在歌唱，有一个冷饮铺，里面总是放很多北冰洋。

冷饮铺的前面和后面在夏天的时候都是榆钱树，在这个季节，什么都没有了，一左一右两个哈哈大笑的石狮子，他们不应该属于这里。

不过现在是冬天，没有人要喝北冰洋，听听这三个字就觉得很冷，但他们兜里的钱只能买两瓶北冰洋了，他们走累了也渴了。

接下来，他们在一个修鞋的地方停了下来。

冷吗，黄小军问。

夏天一口气倒进去很多，她想起一个流行广告说，味道好极啦。

还剩最后几根火柴，他们一起烧了，在黑暗中，噼噼啪啪的声音，他们用手掌挡着，如果世界只有他们手掌这么大，那这就是一场巨型花火大会了。

两个人盯着一根火柴慢慢地烧完，烧到一半的时候，夏天叹了口气。在她这个年龄不应该叹气，于是她忽然改吹口哨，配合那些凄凉至极的光。

你过来，我给你看一个东西吧，夏天咬着自己的指甲忽然说。北冰洋已经都装进了肚子里，现在肚子鼓鼓的。

黄小军把脑袋凑过去一点儿，于是，夏天像他展示了自己胸口的一颗痣。

像天上的小星星，黄小军半天之后才发出这么一句感慨。

夏天抬头看了看，可是天上根本没有星星。树杈混乱地伸向天空。看着天空就觉得更冷了，两个人开始往家奔跑就像从很高的地方俯冲下来。

5

这件事很快过去，夏天承认了这件事。但是她没有把目的说出来，那几天，母亲和父亲并没有吵架，她忽然感觉这些目的都很不合理。她只是脑子一热，她只是一个营养不良的孩子。再之后，这件事就成了全家人在喝酒之后经常会提起来的笑话。每次讲笑话之前，讲笑话的人，有时候是妈妈，有时候是爸爸，总是咳嗽一下，证明他们要开始讲这个笑话了。

在他们的笑话中，夏天竟然是一个伟大的纵火犯，未来简直可以和这个世界上很多伟大的纵火犯相媲美，或者更准确地说，她是那个支配了伟大纵火犯的更伟大的人。她甚至应该有一个和纵火犯相匹配的非凡的未来，她简直就是一个天生的伟人。或者说从她出生的那一刻开始，妈妈把夏天从完美的子宫拉出来，就是为了让她做这些。但，有时候她真想重新回到子宫里面去。她来到世界可不是为了一个婚姻摇摇欲坠的父母说自己是一个纵火犯啊。

也直到很多年之后，才回应了这样的幻想是巨大的讽刺，于是这真的成了一个勇敢的笑话，你为此付出的全部的努力，焦虑，挣扎也毫无意义……

夏天在十一岁那年，这是她不得不承认的。

6

这一切之后，夏天终于发烧，住进了医院，这正是她盼望的。夏天记得父亲手上搓着火球给他治疗，母亲新烫了头发，戴着套袖在旁边转圈。一切都在膨胀。

一把大火并没有拆散父亲的爱情，更何况，根本谈不上大火，很快就被扑灭了。他们根本不是雌雄大盗，就是大火中跑出来的两只温柔的绵羊，咩咩！

夏天在医院里学会了很多事情，甚至可以说，是愉快的，如果不愉快，那就不能称之为时光了。他们一起坐在夏利里面去京市海边，就是不愉快的，是一些艰难的时刻，小孔阿姨的金色耳环掉在了沙滩上，爸爸喝多了，拉着她的手说——再给你买一个呗。

夏天就这么随随便便地听见了，她多么希望如果当时有海浪涌过来，她就听不见，她为什么要听见呢？这让她觉得被羞辱了，就算是小小年纪，爸爸说得随随便便，就像是故意要让她听见一样，这么巨大的海浪都无法抵挡这样简单的现实——再给你买一个呗。

爸爸这样说的时候，一脸的不耐烦，这种不耐烦是她从来没有见过的，父亲年轻时候的那张脸，混合着不耐烦。夏天现在的年龄，已经比父亲当时还要大了，再给你买一个呗，她现在都无法解读这种表情里，他还有什么好期待结束的。大火没有让这些结束，但是夏天生了一场病让很多事情都结束了。

当然黄小军也去看过她一次。他们见面的时候很不体面：

很明显，当时夏天正蹲在卫生间里小便，黄小军盯着看了很久，夏天也就忘了站起来，就像火苗已经升起来了，夏天还在欣赏一样。

很久之后，夏天摆了两下手，让黄小军走开。她把病号服往下拽了拽，什么都挡不住，她盯着这个蓝白条纹相间的病号房，如果不是这么蹲着，看上去也没这么难看，她想起那只没毛的鸡。

站起来之后，两个人一起往病房里面走。

住院好吗？黄小军问。

好哇。

有什么好？

可以一个人看电视呀。

那你快点儿好吧，好了去我家看电视。

你去帮我拿几块大白兔奶糖，夏天说，然后把大白兔放在茶杯里我们制作牛奶吧。

从夏天的角度看上去，黄小军坐在病床边上制作牛奶，他比夏天更像一个病人。

什么颜色啦？过了一会儿夏天问。

乳白色。黄小军说。

喝吧。

黄小军问，夏天，你是不是快出院了，

我出院干吗啊，这挺好的呀。我不想回去考试。接着，她把瓜子仁都拿出来了又说，黄小军，过来，你看，我妈给我剥的，一个一个剥的，这还能看电视，随便看，多好啊。

黄小军用手捏了一个，观察了半天。

夏天有点儿没耐心，她不知道他在观察什么。当她表现出这种没耐心的时候，忽然想起沙滩上，爸爸那张脸，他们明明是一张脸，于是，夏天把瓜子仁哗啦一下子全倒在床上说，看我！说着，夏天把头抬起来，妈妈剥的这一小撮儿瓜子仁，一下子，就都跑嘴里去了。塞得满满的，夏天都说不了话了，她努力嚼，认真嚼，黄小军坐在床边，听她嚼的声音，而他自己手中的那一粒，还被完整地捏着。

又过了一会儿，两个人不知道做什么，觉得还是应该继续吃东西，于是夏天又问他：你吃巧克力吗？她是指着一个城堡形状的盒子问的。

里面有各种形状的各种口味的，大概二三十块，被吃得很不整齐，看上去并不像按照某种排列组合吃掉它。

吃吧，这是夏天第二次冲着黄小军发号指令。

那一年，有一个来自美国的电影，里面的美国白痴喜欢说一句话：生活就像一盒巧克力，你永远不知道你会得到什么。

夏天觉得这句话很有问题，简直就是十分有问题，它怎么会不知道下一块巧克力是什么呢。

对吧，夏天说。

对，黄小军嘴里还塞着一块巧克力，也许是两块，因为夏天说要快吃。

你怎么会不知道下一块巧克力是什么呢，夏天又说了一遍，是呀，它就在那里，你怎么会不知道下一块巧克力是什么呢?

那个时候，期末很快就要到了，过了期末，他们就要升上初中。

我们会去一个学校吗?夏天说。

你学习比我好，黄小军说。

7

后来，出院的时候，那盒巧克力果然都吃完了，如果不是他们吃得这么努力，那就浪费了，浪费了就太可惜了，都对不起这么漂亮的盒子。是妈妈接夏天出的院，至于这个城堡形状的盒子就一直放在家里装针线，再后来，就放到了洗手间装纸，不久之后，夏天的月经来了，所以有时候也装起卫生巾。

城堡形状的盒子盖上，有一些星星，分辨不出是什么星星大概在指引着那些充满了障碍的，过去的，包括未来的，一种生活。这一切都是小孔阿姨送的，在夏天的印象中：她站在远处，那是她最丑的一次，抹了蓝色的闪亮的眼影，脸都笑红了。用力地一再吞咽，喉咙在脖子上起伏。

夏天总觉得自己看见了，但也许没有，她没有来，她怎么会来呢？她怎么配来呢？也许她只是托别人送了一盒巧克力。

在那之后很多年，有时候走在街上，四周总会有行走的剪刀，夏天想——也许是小孔阿姨，但，这又有什么关系呢。

8

期末很快就到了。很快就又结束了。

班主任用大喇叭说——好好看看你前面，后面，左边，右边的同学啊，因为以后啊，你们可能一生都不会再见了。

班主任，是一个戴眼镜的人，说话喜欢啦啊哈这些充满感情的词，给人一种感觉，如果不这样，她实在没什么好说的。而实在没什么好说的为什么就不能不说了呢，大人的世界夏天不懂，再说，怎么就不会再见啦，国际玩笑？

于是夏天和黄小军挥了挥手，他们站在一起但还隔着几个人，越过那几个人头他们互相挥了挥手。班主任圆圆的脸，很满意地看着他们互相挥手，班主任还喜欢在教室的阳台上种蒜，很多年之后，夏天才忽然想到，那些，可能就是水仙吧。

终于他们都小学毕业了。毕业之后没多久，操场就铺了新的塑胶跑道，当时全国都在流行这种塑胶跑道，只有一次，夏天偷偷溜进去，因为很多时候她根本溜不进去，她的个子越长越高，再也不能像一个小学生，她闻着浓烈的塑胶味，真是好闻哪，甚至想趴在地上，拼命地吸那些味，留到身体里面去，她用脚在跑道上跳了两下，没有想象的软，有风吹过来的时候，细小的杂物还能被掀起来。

而最重要的事情只有一件，他们果然没有考到同样一所学校。这是他们在一起的最后一个暑假，黄小军就要飞到地球的另一边去了。他甚至都不需要考到另外一所学校。

9

那个暑假，夏天经常会去黄小军的家里玩，黄小军的家里很脏，到处都是油斑和锈迹，因为他没有妈妈，就算有他们也要离开这里了，地上堆满了牛奶盒、吸管这种东西，看得出来，他是一个喜欢用吸管喝牛奶的四眼儿，脑海中描绘出来的这幅场面让夏天觉得超级搞笑，比自己的营养不良还要搞笑，于是她，疯狂地笑了起来。

黄小军把眼镜扶了扶说——笑什么？

黄小军说第一次认识夏天是因为她笑，当时都只有一年级，为没什么可笑的事情笑，笑得蹲在地上，可以闻到地上的土。

因为说真的，她对这所有眼前的，都觉得十分不屑一顾，她为不屑一顾笑，甚至也包括未来，虽然那个时候她还不知道未来是什么。就像未来，她很多次做过的那样。

只是这个暑假再去黄小军家，家里多出来一个小摇篮，黄小军的女大学生后妈生了一个肉球，一个肉球，看不出是男的还是女的。他们四个人就要一起去地球的另一边了。这么小的一个肉球也可以叫人。夏天想。看着这么小的一个人，夏天想起很多事情，她告诉黄小军，自己刚出生的时候，外面的光线很淡，太阳是白色的，自己被裹在一团破布里，塞进了黄色面包车。

你编的。黄小军说，你骗我。

那你说，我为什么要骗你呢，夏天看着小摇篮里面的肉球说，就像在对一团肉球发誓。

我就不记得我出生的事情。黄小军说，没有人记得。

没骗你。夏天说，看黄小军不相信，夏天忽然想到一个主意，于是又说——我扎这个肉球一下，如果我骗你，肉球就会哭。

接着，夏天找了一支笔，或者说，笔就在手边，于是真的朝肉球扎了过去，她没有使力气，但笔尖还是被弹了回来，很无力，就像跌倒在一群棉花团中。

哇。

肉球大哭起来。

夏天把笔扔在肉球身上，她也想哭，她感觉害怕极了，那只拿笔的手不属于她，至少现在，不属于她。

外面的太阳轻盈而安详，每一束光都很轻盈而安详。夏天冲着太阳眯起眼睛，因为这种光线的刺激她真的掉下来眼泪。

掉了一会儿眼泪，她躺在黄小军家的地板上，那些旧漫画书被堆在了四周，夏天说——以后这些就给我吧。

但是现在，她只想睡一会儿。但没有比一个人睡觉更孤独的了，于是黄小军把窗帘拉上，也平躺在她旁边，肉球的哭声渐渐弱下去。

拉上窗帘之后就漆黑一片了。夏天伸出手，想看看是不是伸手不见五指，她用另外一只手一根一根数着，数完一遍再数一遍。生活就像一张被揉成一团的纸，两个人听着暖气片里传出来的声音，他们一动不动地听着，是隔壁在敲暖气片，他们不敢出声，怕声音随着暖气片传回去。

就这样在越来越安静的黑暗中，忽然，黄小军捏了一下夏天的脖子，他不知道应该把手放在哪儿。他甚至看不清那是脖子，夏天感觉一阵紧抽，整个脊背都凉了，没有人这么忽然地捏过她的脖子，于是夏天顺着脖子找到这双手，想把自己的手放在他的手里，但是黄小军的手太小了，这让夏天觉得有点儿滑稽，笑了一会儿她说——黄小军，让我闻闻你的嘴。

于是黄小军朝她拼命哈气。

嘴里全是牙膏的味，夏天觉得他是为了向自己哈气，偷偷去刷了牙。一瞬间，她觉得黄小军变了，但是很快，在下一个瞬间，她并不这样认为了，她甚至觉得这个牙膏的味不错。

他们就这么平躺着没有动，弥漫在房间温热的浊气中，菜在桌子上被盘子盖着，房间贴了白瓷砖，桌子是银色不锈钢的，墙的下半截刷上了绿油。

以后我是不是就见不到你了，夏天问。

我要去美国了，黄小军说。

我知道。

你可以去美国见我呀。

美国那么远，还要坐飞机，我还没坐过飞机。夏天说。

我爸说坐飞机很贵，所以不能经常坐。

所以我就是见不到你了。夏天说。

这句之后，她就什么都不想说了，而且因为他们之间的任何关系都没有建立，所以没有值得摧毁的价值，这让夏天的每一个字都像跌进了比婴儿还要柔软的处境。有一丝风吹进来，不知道从什么地方吹进来，接着又是一丝风，窗帘的下摆动了几下。

夏天的手指跟着摆动了两下，就摆动到了黄小军的肚子上，肚子很软，摁下去的地方就形成一个窝。然后再弹回来，夏天反反复复弄了几次，有时候被摁的身体上呼吸不了了。黄小军想反抗，但他反抗的那些声音也在体内继续乱撞。四周有一些带荧光粉的东西，黄小军盯着那些荧光粉发呆。连他都搞不清是什么东西。他对自己的房间很陌生。

你家里有烟吗？夏天问。

我爸有。

黄小军爬起来，找了半天，回来的时候，窗帘拉开了一半，黄小军很潇洒地把烟夹在耳朵后面，看上去像一把枪。但是不能动，也不能笑，不然就掉下来了。

于是夏天又哈哈大笑，她觉得眼前的场景傻极了，她想多记住一些傻极了的场景，这样以后回忆起来只有可乐至极，那是多幸福的事情。接下来她又指挥黄小军去拿地图，两个人趴在地板上用手画着，想看美国在哪儿，美国呀，这可真遥远，比南方遥远多了，就算坐飞机，也要坐很久很久了。她不禁遐想起来，夏天忽然感觉小腹一阵疼痛，她忍了一下，很快就过去了，黄小军的手指在地球上乱动，一会儿又到了中国，一会儿又到了海里面。

婴儿已经在篮子里睡着了，发出婴儿的呼吸声，她一定在梦中都很纳闷，刚才到底发生了什么。

地板上有灰，窗外的光照下来，这些灰就更明显了。

夏天继续躺在凉丝丝的铺满灰的木地板上，她不敢动下面有一个温热潮湿的东西就像尿床了。夏天用手肘撑着脑袋，她不相信自己真的尿床了，但这种感觉越来越具体，四周的东西开始变得无形，宇宙万物之间有各种各样流动的规律，他们被安排在了某种各自移动的平行线上。夏天忽然拥抱了黄小军一下，很快又把手松开了，身体内就像有一个东西掉了出来，这些徒劳的场景。

透过窗帘，太阳发出暗淡的黄色的光，就像一个蛋黄派，等着被人把最后一口咽下去，身体下面的感觉让夏天觉得十分懊恼，她这次真的不敢动了，她只想安静地躺一会儿。连拥抱都不敢了。

她用手摸了摸，摸到了棉布内裤，身体里热乎乎的，可是流出来的东西冰冷而油腻，她觉得自己的胸开始疼，可她还没有胸。

10

那你会说英语吗？安静地躺了一会儿这种感觉才消失，于是她问黄小军。

会。

说一个。

Hello。

再说一个。

Goodbye。

我们是朋友吗，夏天说。

Yes，黄小军说。

那你发誓，夏天用食指敲着他的大门牙说——那你发誓。

那我默默地发一个誓吧，黄小军说，我还不知道发誓的英文怎么说呢。

夏天又开始笑，也许是笑他两颗门牙中间的缝。

那是一九九七年，一个明澈动人的下午。直到走的时候，她才发现，自己把地板都染红了。

11

当然这些都是当年了。

那之后不久，夏天搬了家，搬到了离京市海边更近一些的地方，为了上学方便。夜晚的海面很黑，有一些红色的碎片，如果不是因为很平静，这些碎片就会被黑色吞下去。

黄小军跟着爸爸顺利去了国外，不知道有没有他的女大学生后妈，也许他的爸爸真的非常爱女大学生，也许并不，也许他们之间没有爱，也许女大学生只是想找一个有钱人，而黄小军的爸爸正好是那个有钱人。

很多年之后，一九九七年早就离很多人而去了，那只叫多莉的小羊不知道是不是已经老了或者快死了还是死了，再也没有人探索外星生命或者说所有人都在探索外星生命，于是让这种探索本身成为新的平庸。

夏天这么多年生活下来，就像开了很久很久的车，没有遇到红绿灯，不需要减速不需要加速，甚至不需要安全带，也没有告诉你走错了路，所有的路都通向同一个尽头，就像水流入水中一样，充满了不能再被弥补的确定。

她离了一次婚，除非她去外星，否则在这个地球上，没有理由她需要再结一次婚。她有了一个情人，情人有自己的家，有时候她觉得，所做的这一切，是小孔阿姨告诉她的呀。

现在是二〇一一年，有人说，二〇一二年，地球毁灭，世界末日，但，对夏天来说，很多事情已经在末日之前呈现过一回了。末日只是在这种结束的外部又戳烂一次。她和情人偶尔见面，有时候一周两次，有时候一周一次，其实在她内心，两次有点儿多，一次有点儿少，说话，做爱，用一个再合适不过的词来说，可以是：点到为止，这让夏天觉得还算满足。如果一周三次她就会觉得有些过分了。她再也不喜欢那些可以燃烧的火苗。她也不愿意幻想，幻想应该是纯洁的，可她现在纯洁不起来。

但生活也因此变得很有规律。每周六，有时候是周日，她会去看父亲和母亲，母亲成了一个专业病人，因为糖尿病手肘变瘦凹陷了下去，苍白，配了老花镜，喜欢摘下来，有时候又戴上去，除了摘下来和戴上去，她并没有更多的事情可以做。还得了五十肩，于是每天拼命锻炼自己的肩，这在她看来是绝症，但是如果没有绝症，她只能从一个专业病人变成一个无所事事的人，因为父亲再也没有叫她担心的理由，他们谁也不需要离开谁，除非死亡将他们分开，但是他们离死亡还有一小段距离，而且像母亲这么拼命锻炼，肯定是不愿意死的啦。

夏天完全想不起来妈妈年轻的样子了，但是她记住了现在的样子，如果是现在的样子，她甚至不应该为她报仇，也许她还年轻过，甚至漂亮过。她知道，再过一些年，自己就是妈妈现在这个样子，看上去很稳定，很永恒。

一切宛如那个永恒而稳定的一九九七年，除此之外，生活中剩下的时间像个拳头一样扑面而来。小时候没想过长大了会变成了什么，因为没来得及想，就长大了，就像经历了一次重大的事故，这些碎片和残骸要在内心中飘走需要很多年，直到所有的景物都后退，只剩下一些光线，就像火车经过隧道的那一条光线。

至于父亲，喜欢收集各种各样的小茶杯，或者没完没了地拿着遥控器换电视频道，电视里面有两三百个频道可以换上好一阵子。天气好的时候，他也修剪阳台上的花。看着他修剪阳台上的花，还有一些看上去像蒜的水仙，谁会想到他曾经当过总经理，就算没有被大西瓜砸死，还是一样的衰老了。夏天有时候想，也许父亲只是在修剪一些蒜吧。父亲的体形变得也有些胖，都冲着身体的中间集中了。秃顶，无论做什么都很容易被忽视被骗，万一别人卖给他的真的是蒜呢。

看着父亲的后背，夏天就知道，他这一生再也不会恋爱了。但她到现在也不觉得做错了什么。那个时候自己太小，不懂爱，觉得有很多机会去爱。就算是爸爸也有很多机会去爱，但是，他是爸爸，爸爸怎么能有很多机会去爱呢。所以她一定要暗示黄小军放那把火。她一定要生病，她一定要在医院里面求爸爸回来，让一个精疲力竭的男人双倍地精疲力竭。

12

眼下的夏天，成了专栏作家，虽然在她内心中，这多少是一个不三不四的职业，还有一些不三不四的杂志，让她写写如何看待婚外情这种事。但这种事，她可说不好。更真实的原因是，她内心的想法她可不愿意对那些不三不四的人说。

也许事情是另外一种内在的逻辑，她夸张了父母这种艰难的生活，以至于他必须把事情推到这一步，这些随着年龄老去的偶然发现叫她觉得恶心。这种恶心并不来自于别人，而是来自她只属于他，她亲自参与了灾难，虽然那一场火根本连灾难都算不上，但她动了这样的念头，她轻而易举地就叫一个四眼白痴实施了这种念头。如果那场火足够大，也许阻力反而会把父亲和小孔阿姨推到一起，或者他们根本不想在一起，但那是另一种现实。而已经发生的现实是，那场火没有足够大，就像一块顽固的皮癣，只是让人觉得恶心，但是依然造就了这个裂缝越来越大的边缘。每个人都是这么的平凡，简直称得上是平庸才对，但他们仍然深处丑闻、内心挥之不去的拒绝还有一点儿悲伤之中，每一个想法都预示了另一个更愚蠢的想法，每一个行动都预示了另一个更愚蠢的行动。于是总是在夜里，夏天会做这样的梦：

心脏坠下那座根本不存在的悬崖，皮肤滞留在了空中，被后面急速飞过来的过山车卷走了。每当夜里忽然醒来的时候，她总是想摸着父亲那双开裂的大手，她觉得握得越紧越难过，未来会越光明，她想把这一点点光明攥紧那双手里。有时候她真想和父亲聊聊，或者陪父亲喝上几杯再聊聊。

就算爸爸和小孔阿姨在一起了，也没有什么意义，那怎么会有现在这样宁静的周末时光呢？如今回忆起小孔阿姨，她不是行走的剪刀，她看上去美丽而悲哀，也许每个人都美丽而悲哀，她的大波浪就像温柔的水波一样隐约盖在脸上。和这一起消失的还有阳光耀眼，天蓝得惊人，街上新鲜的噪声。

13

还有一件事不得不提。

有一年，因为出差，夏天也去过一次美国，这片国土太辽阔，她不知道黄小军在哪儿，反正这么多年都过去了。

她对着异国他乡的万家灯火喝了一杯酒——这杯酒要了她九美元，这对于夏天来讲，实在太贵了。而这对于她的酒量来讲，实在不够。各种各样的生活就像一把枪一样，逼她变成了一个酒鬼。

只是夏天很好奇，自己的心，还在，于是她需要忍受更多伤心的事情。

她实在想不出来为什么去喝，于是她逼着自己想了一个荒唐的理由，那就为了和黄小军，对，伟大的友谊，干杯吧！

酒滚进喉咙里，一点点滑下去，一点点感觉，都没有，她忽然想起十二月，那瓶一块钱的北冰洋。

伟大的友谊，她重复了几句，哈哈。

她甚至有一种冲动，想抓住一个外国人，随便什么人，问问他——什么叫伟大的友谊?

但是因为她喝得太少了，她连这样的机会都没有。

有鸽子从天空飞过，这是一群又一群的美国鸽子，京市的鸽子已经消失了，一起消失的还有那些悠扬的鸽哨。

她发誓没有爱上过黄小军，她对着外国的月亮发誓，因为外国的月亮更圆。她也知道发誓怎么用英文说了，她还不知道爱是怎么回事儿，在后来的日子里，她慢慢知道，原来是这么难，他们一起做了一件事，而这件事一旦发生，就再也不会被改变。就像小时候胡同里那根插向天空的银灰色烟囱，它一旦插入天空它就永远地插入了天空，天空永远的存在一个缺口。你长大了，你就再也不会发现它了，虽然生活中的很多时间，好像什么都没有发生一样的生活着，但，那又怎么样，一个世纪一个世纪都是这样，但，每件事都有道理，包括那些幻影，她咬紧嘴唇想忘掉那些愚蠢的幻影。

幻影就像黄小军唰地点了那根火柴，他是个好人，不是有首歌叫好人一生平安吗，夏天来过月经了也坐过飞机了，可以说，她是一个成熟的女人了，那么她就像一个真正成熟的女人那样真挚的希望——黄小军，好人一生，平安吧。

哪怕想想她都知道，黄小军现在一定长高了，不用跳起来也能拍一下她的脑袋了，胳臂上的肌肉像虬结一样，因为外国人不是都喜欢健身吗？还会练出浑圆的臀部。没准摘掉了那个搞笑的眼镜。

当然事情也可能有另外一种未来，黄小军一无是处，干了更加丧尽天良的事情，而且是真正的丧尽天良，也许是为了什么人吧。可是想到为了什么人这件事，就让夏天难过得要命。

生活别爆炸

引子：如果有一个神为什么造出这么愚蠢的世界。

吕在给贾约发短信，内容是，贾约，老时间，老地方，没问题吧，叫上小黄。

贾约说没问题吧。

贾约的吧并不表示不确定，反而表示的是确定，既然已经叫上小黄了，所以老时间老地点肯定不是约会这类事情。吕在和贾约是朋友，可是朋友这两个字从有了朋友圈之后就很少在他们之间使用了，怎么说呢，他们算不上多熟，一个月见一次，最近见得比较多，也有互相欣赏的地方，有些时候会有幻觉，以为是一类人，但是贾约心里想的是，怎么会是一类人呢，自己比吕在庸俗多了。庸俗的意思就是，自己比吕在有钱吧。大概因为这种关系，吕在每次给贾约发短信都要写上贾约，好像很害怕对方不是她本人一样。

小黄是贾约的摄影师。英文名字叫Yellow。而且很喜欢贾约叫他Yellow。但贾约一次都没叫过。贾约最喜欢叫他：Hey.（这不也是英文吗！）小黄还没毕业。大四或者大三，贾约不关心。对贾约来说，找个实习生比找个摄影师便宜多了。她当然不是为了替公司省钱。她只是不想因为钱的事儿找老板。事实上是，她不想因为任何事儿找老板。虽然老板对自己已经够意思了（这是老板的原话，贾约一直也没明白也不打算明白够意思到底是什么意思）。她喜欢自己被无视，说是混吃等死也行吧。

可如果说真的是混吃等死，那她现在和吕在做的事情实在太认真了。或者说，并不能让她觉得自己真的是在混吃等死，这让她有一种自我欺骗的感觉。

贾约只是想不明白，为什么小黄从著名的B大毕业，要来这里实习？当然，她也只是随便想想在自己的头脑中，她可不会把这种话说出来，说出来，又有什么好处呢。

他们在做一个系列访谈，贾约去负责拍摄、剪辑成一个小短片，最后是在自己打工的网站上放一放，至于有多少人会看，她可说不好，或者说，她可不必把内心的想法告诉吕在：怎么会有人看呢？她太知道大家爱看什么了。念新闻系的老师说得对，新闻就是人把狗咬了这种事情。她毕业已经十年了，大家还是爱看这种事情，她觉得那是因为狗还没有多到把人咬死的地步。至于他们眼下做的这件小事，贾约、吕在，所有人心里都没数，可这不是最可怕的，最可怕的是，他们都有表达意见的权利，这让他们的事情从一开始就显得四分五裂。贾约在一家网站负责一个小中心，这个网站在她看来十分三流，但是得到比付出多，她也懒得辞职。如果说她有什么管理办法的话，就是坚决独裁，绝不民主。虽然事实上也没有什么非她管理不可的事。

吕在在一家出版社，用他自己的话说，他去之后加速了出版社的灭亡（倒闭）。出一些他自己根本不会看的书：一些关于法律普及的书，用他的原话说，除了犯罪，他已经没什么需要再被普及的了。曾经有一次贾约问过他：那不是看看正好吗？吕在说，他做的书都是重大刑事犯罪，除了死刑最好的就是无期。贾约说，没劲，就是还想活着呗。贾约又说，那给我带两本。吕在说，你想犯罪啊。

当然，贾约并不打算犯罪，至少是目前来看。她才三十岁，以后的事情，谁都说不好。每一天都不一样嘛。

有时候贾约想：看看那些婴儿，有时候会原谅那些成人，因为他们都曾经是婴儿。然后就都长成（至少是绝大部分）让你特别想杀死的成人，这个过程中也不知道发生了什么。

阻碍贾约和吕在成为一类人的原因还有一个，贾约戒酒了。吕在一周大概会喝多八天到九天不等，因为对于喝多的人，谁在乎一周有几天。上帝说七天就一定七天吗？这才是独裁。喝多之后的吕在依然能去上班，反正也是出一些他根本不会看的书，喝多总比杀人要好不是吗？通常来讲，吕在一周会留给自己半天的时间用来做一些他觉得有价值的事情。并且目前来看，这个有价值的事就是这件事了。

吕在虽然多数时间都不清醒，可是做起事情比一般人都要挑剔。或者说，认真。贾约觉得“认真”两个字更准确，但是吕在说这两个字太虚妄。贾约想：他应该改名叫吕妄。

或者可能就是挑剔吧，贾约想：这一切仅仅是因为自己对朋友很宽容。

某种程度上可以说，吕在的人生什么都有，有工作有老婆有孩子，应该还有五险一金，而且听说还有一些爱情（这些应该就算通常意义上的什么都有吧）。他们一起合作的事情就是关于爱情和死亡的访谈。

贾约三十岁而立之年，吕在的年龄有些尴尬，四十四岁马上就四十五岁。联合国定义四十四岁是青年，四十五岁是中年，可吕在怎么看都是一个老年人，这么说并不是他长得多老，如果可以选择，贾约宁愿自己有多一些时间是老年，而不是青年和中年，老年更天真，并且因为天真，有了更多的品质。贾约觉得自己对吕在的评价不算低，这也让她觉得吕在打算做的事情一定不会差，至于能有多好，这个说不准，木桶里的水不流出来是因为最低的那块木板决定的，她忽然想到这些乏味至极的观点。

贾约对这个访谈感兴趣多少有些私心，如果完全从工作角度出发对她来说是不可能的，因为她并不是一个工作狂。她喜欢自己的体重永远保持两位数，哪怕九十九斤和一百斤根本没人注意到，她希望每次剪发之后的一两天不用总想裹着被单出门。她最爱吃像肥肉一样的生鱼片放在米饭上，就像把梁朝伟或者谁放在米饭上一样，让她在吃的时候有性欲，当然，在真正应该有性欲的时候，她也希望自己还残存一些。她愿意住打开窗户外面景色很好的房子，而不只是房子怎么样。所以没有一件事和工作有关。诸如此类。这让她多少觉得自己还是一个普通女性。

只是，她和丈夫正在分居。

她想：这是生活在考验自己吧。

只是夜深人静的时候，她会对着镜子看着自己的正面，背面，左面，右面，然后感慨：何苦呢。

或者说其实她想的是：妈的，何苦呢。这已经不是第一次了，结婚两年，分居五次，很多事情，她怎么都想不清楚，大概是因为这个原因，三个月前吕在在一次饭桌上和贾约说起自己这个有价值的事的时候，贾约就答应了。贾约当时也喝多了，贾约喝多的次数是吕在的十分之一或者更少，因为最近三个月都在分居所以完全没有后顾之忧，每次贾约分居都以三个月为期限，因为所有的房子都是要三个月付租金。如果三个月还想不清楚的事情，大概也不必再想了。

就算贾约不喝多，她也会答应吕在，因为在别人看来，这也是一件有价值的事。就这样持续了三个月，每周找一天，趁着吕在清醒的时候（虽然吕在的口头禅是：自己不喝的时候比喝的时候还晕），他们进行一次小小的访谈。关于爱情和死亡。今天是最后一次。

拍摄的这一天正好是清明节，没有下雨，路上的人很多（没准还有些鬼呢）。

贾约之前问吕在：改一天行不行？

吕在给贾约回的短信是：老王只有今天有空。

吕在整个人好像停留在了二〇〇〇年左右，钟情于短信，贾约的短信里除了他的，就是建设银行，招商银行，这一类的。

于是贾约只能回：好吧。虽然她对老王一点儿也不感兴趣，她也可以出于不感兴趣否定，但是她不愿意否定。老王是一个有名又不十分有名的作家。至于为什么非要找有名又不十分有名，并非因为吕在对事情的选择有什么私人的理由，因为那么有名的人根本就不会来，在公众面前暴露隐私有什么用呢。而要一点儿名都没有又让贾约很难交代。可即使这样，尴尬的地方依然存在，有名又不十分有名的人常常会提出一个问题，虽然他们提的时候也一直在考虑用什么样的方式不会显得太直接，因为他们经常会问：有车马费吗？

自然是没有了，看看这个单位用的实习摄影师就可以说明问题了。在贾约来看，这就是一个低level（标准、水平）的项目，既不能给公司挣钱，也就不要再给公司赔钱了。

所以最后请来的大多是朋友，或者朋友的朋友，贾约想：这就算是帮忙了吧。

朋友有朋友的好处，就像坏处也是显而易见一样。

那种无处不在的认同感让她觉得恶心。何况话题是爱情和死亡。用吕在的话说：妈的，什么都不可信，只有爱情和死亡。虽然贾约清楚，在这个地球上，有为数不少的人并不靠爱情活着和死去。

爱情贾约当然相信，贾约还不打算像那些“过尽千帆皆不是”的女人一样蔑视爱情，再说了，贾约觉得自己根本不具备蔑视的资格。贾约被蔑视还差不多。简直不是蔑视了，应该是碾轧。

吕在一共要拍十二个人。他是一个做事很认真的人，连十二这个简单的数字都想了很长时间，最后还是贾约说服他：就十二吧，耶稣死之前还和十二个人吃了一顿饭呢。咱们最后也一起吃一顿饭。

其实如果他说随便一个数字，贾约都可以说服他。无论他说什么，贾约都给他答案，贾约最擅长的就是给出答案。她在单位每天的工作也大抵如此。给出答案就意味着责任。这也是她之所以还有一份工资拿的原因。其实给出答案并不难，只要别想着什么都有。

是啊，贾约想：人啊，不就是一个什么都想有的可怜虫吗？偶然得到的会幻想再次得到，而还傻乎乎的不知道好的事情往往不是开始，而是结束。面对必然失去的，也不能潇洒的来上一句：去他妈的。

贾约不明白老王为什么非要清明节这一天，也许是作家的习惯吧，她想：清明时节雨纷纷。也不错呢。就是搞不好要堵车。老王是他们访谈的最后一期，重要人物放在了最后，有点儿压轴的意思。所谓重要人物，就是微博粉丝最多的意思。

约的是下午一点，贾约出门的时候，不到十二点，他看了一眼老王的微博，有一千万粉丝，足足是自己的一千倍，可她觉得没什么，就像某些人比另外一些人多一些细胞而已。或者病毒。贾约泡了方便面，泡面的过程，她看着方便面包装袋后面的配料，大概有一千种，她想到自己吃了一千种化学制品。忽然产生了一种颠覆一切的想法：根本没有爱情，也根本没有死亡。她打算一会儿见到吕在的时候就把这一切都说出来。她也能预感到吕在一定会和自己辩论一番。

在厨房花了两分钟吃完之后，她给小黄发微信：你到了吗？她想到第一次拍摄的时候小黄就迟到了，自己冲他发了脾气，很有点儿领导的意思。

拍摄要提前架机器有很多事情，一点钟的拍摄，小黄必须十二点半之前到。

贾约想着自己准时到就好了，因为去早了，她也不知道说什么。否则和吕在很可能会说：最近有没有喝酒啊。贾约虽然感觉自己戒酒了，但是偶尔喝，虽然偶尔喝，但是并不喜欢谈论，所有谈论的人都是撒娇派。

吃过泡面之后，房间中就全是味道了，这就是一千种化学制品的好处。这是一个她临时租来的大开间，躺到床上都可以闻到泡面，于是她真的在床上躺了几分钟，她不敢多躺，并不是因为迟到，她害怕一件事，这么躺下去，会有一个很现实的情况出现在脑海中，自己已经快一个月没有做爱了。和于努分开一个月了，她在床上伸展四肢，就像等着谁来抱抱自己。

当然，这是白日梦，没人会来抱抱自己，连鬼都没有。于是她穿上大衣，匆匆出门。四月，天空中飘柳絮了，看着这些柳絮，她会想到种子，她会想到生殖，她也知道最终一定会想到，自己已经快一个月没有做爱了。虽然这种事情在之前婚姻生活中每天都有，就像大家说的打卡一样没意思透了，可是一旦失去，这种失去就是这么的明确，贾约知道并不是因为多迷恋，她想人类太可悲了，看着街上的树，她想自己的愿望就是不做人，死亡就是一片树叶离开树枝。

另外，贾约承认自己是某一类很自私的人，如果别人有的，她一定要有（也许潜意识，她觉得全世界的女人此刻都在被抱抱呢），所以她会产生刚刚一瞬间的痛苦。尽管，眼下的现实是，她可以给陈又发个信息，甚至都不用多说，只要说，一起吃饭吗？她就可以结束这个现实。他们一定会在一起吃饭之后再一起去睡觉。虽然诗里说的是：一起吃饭的人并不一起睡觉。可是，贾约太了解陈又了。她只是不明白，自己为什么总是冒出一些诗意。诗意？呵呵！这两个字还属于她吗？她一边开车一边想：至少不属于现在的自己了。路上没有想象的堵车，可能是因为老地方是在东边的原因，而八宝山在西边。还有比死亡更诗意的吗？

贾约的车里常年开着974（一个外语广播电台），因为都是英文，她并不是很能听懂，也就不对自己构成干扰。但是偶尔会有中文，比如现在，主持人正在说京市某家五星级宾馆的卫生间英文单词拼错了。之后电台里奏起一支管弦乐曲，贾约理解不了这种旋律，就任它久久地飘荡在车里，就像有人在她的后座演奏，并且她还真的回头看了一眼。她想：是自己太孤独了吧。但是什么都没有，只有窗外的云彩。她有一种感觉，自己会把这辆小汽车开到天上去。她还想：到底是爱过的人不在少数，还是有些人根本就没有爱过呢。

老地方就是H的酒吧，酒吧就叫H的酒吧，说是酒吧也不准确，里面没有灯红酒绿看上去更像一个吃斋念佛的地方，容易叫人冷淡甚至是性冷淡。贾约想到自己的处境，是被动性冷淡，而不是主动性冷淡（不知道医学上是不是有这种区分），正在和丈夫分居，虽然可以把陈又约出来，并不缺乏这样的机会，甚至也不缺乏这样的心情和技术，但是不知道为什么，贾约就想让自己做一次好人，想到好人两个字，她又笑了，她想到自己上班的那家互联网公司，在业内最被人津津乐道的就是企业的好人文化。说津津乐道不准确，大概是种善良的安慰吧。

虽然，这个世界上，没有好人，只有生意。

这已经不是贾约第一次进这里了，但她预感这是最后一次，因为如果这个访谈结束，她要来的理由就不充分了。而不来的理由却很充分，她不喜欢这种冷淡的地方，她甚至想找机会问问酒吧的老板，也就是H，你怎么就真的吃斋念佛呢。H的真名叫吴华，可现在朋友里，没人管他叫吴华，吴华早就消失在灯红酒绿的过去，他现在成了一个受人尊重的人。至于什么叫尊重，贾约也不知道，大概就是没人想和他产生深刻的关联吧。这才叫好人，贾约又想到自己那样一些同事，那样一家公司，也说自己是好人文化，呵呵，果然哪，一切错误都是从语言的错误开始。

但我们在这篇小说中，下面如果涉及他，也姑且叫他吴华吧，因为写小说的“我”，并不认识什么H，这只能让我觉得一篇发生在二十一世纪京市的故事中，跑进来一个卡夫卡的主人公。何况我认识H的时候，他真的叫吴华，喜欢酒喜欢肉，喜欢年轻貌美的姑娘，那些年，我正是那些年轻貌美的姑娘中的一个，既不比其他人更好，也不比其他人更坏，每天风驰电掣，从没想过有一天会靠写下别人的故事谋生。当然，这是我的事情，并不会在这篇故事中出现。让我继续来说贾约他们的事情。贾约是我的好朋友，或者说是好哥们儿，哥们儿就是用来指那些不会产生性欲的人和人的关联，并不局限于男女，也不能武断地说这样的关联就并不深刻。所以我对贾约，多少是十分了解的。

吴华，也是吕在的朋友了，并且贾约感觉，他们才是真正意义上的朋友，或者可以叫上一句老朋友，可能因为他们年龄差不多，都是青年结束进入中年。吴华没工作没老婆没孩子，没五险一金，但他并不一无所有，因为他很有钱，谁有钱还需要工作五险一金呢，对吧。而不管有没有钱，人都不需要老婆和孩子，贾约是结过婚的人，虽然还没有离婚，但是以后的事情她都说不好，但是她现在多少也有一些判断：结婚，就是找一个爱的人，然后再离婚吧。

这家不是吴华的第一个酒吧，因为是新开张，没有人，所以同意吕在一群人，随时过来，唯一的要求就是访谈推出的时候做一个鸣谢。这对贾约不难，因为只要不是独家的鸣谢都不难，你写一万个都没人管，根本没人看，因此贾约才能很大方地说，没问题啊。她的口头禅有时候，或者说，很多时候，就是没问题，或者最多加个啊。因为她可不想别人继续问下去。所有的联系，她都喜欢文字，不喜欢说话，比如微信，人一说话就全都变得特别啰唆。贾约总是得出这样的结论。

酒吧里，吴华总是留一个很高级的包间，一般是员工开会用的，但是总有一些不开会的时候，于是当成采访间。

包间有一排很阔气的书架，贾约每次去的时候都会随便抽出几本翻翻，都是和修行有关的，比如有一本书里写着：身处顺境不会获得逆境才有的体验。她放下之后想：这都是废话。自己一分钟能产生一百句，比放屁还多，这样的书无异于谋财害命。

吕在为人很客气，虽然和吴华是老朋友，那种可以拍着肩膀的老朋友，但他还是说了很多句哪天一起喝酒啊，仿佛一起烂醉，一起狂吐才是人世间最大的感情。后来说完之后，吕在忽然想起来，对了，原来你戒酒啦。

于是吴华说，没关系啊，我去埋单。

看，他就是这样好的好人。

可是这样的好人，在京市的文化圈，总是被叫作没文化，因为有文化的人自然有资格吃别人布下的大餐，而没文化的人，只能埋单，不然他们总得有点儿用处吧。

贾约看不上这一切，大概是因为她在互联网公司太久，内心深信：文化是最没用的，当然你也可以说，没用的就是好的，但这多少有些逞口舌之快。

无非就是一些边缘的文化还在尸位素餐。得过且过也可以算是一种痛快吧。

当然啦，说吴华没文化未免太欺负人，他也是八十年代的大学生，八十年代的好处就不必说了，因为已经被八十年代的人说得太好，贾约想到自己读过的一本书《八十年代访谈录》，她觉得没什么意思。她不喜欢互相抚摸。但她读的其他的书又太少，所以她对自己的这种觉得没什么意思的判断完全没信心。她想到自己现在临时租的房子，如果说有什么让她比较满意的地方，那就是：一本书都没有。虽然读书少让她缺乏自信，但她觉得这不是错，因为无论怎么样，自己都是一个缺乏自信的人，而如果说有什么人比贾约更没自信，那就是那些读过很多书还总是在书架面前照相的人了吧。陈又就是这样的人，他的朋友圈头像就是自己和书在一起，作为一个永恒的备胎，贾约颇为认真地想过，大概就是他这种傻里傻气的形象，让自己不愿意和他在一起，虽然他还有不少优点，但是这个缺点就像脸上一颗颜色鲜艳的痣，让人觉得他差一点儿就完美了。生活实在不应该这么害他。

到H的时候，已经一点过了十几分钟，另外的人都到了，但是这对贾约来讲，并不算迟到最离谱的一次，在贾约的理解里，我没什么值得等的，所以你们也不要等，既然你们不等，我为什么不能迟到，而她迟到之后，从不解释，这没什么好解释的不是吗？在她的朋友里，也真的没有人问过，好像她就是因为迟到已经很出名了一样。以至于贾约曾经设想过的一个迟到的理由总是没有机会说出口，如果有人问，她就打算说：刚去堕胎了。

因为她从来没有堕过胎，所以她觉得说说，怪好玩儿的。

她没有堕过胎的原因很简单，她也没有怀过孕，她没有想过怀孕。有时候，她会想当一个妈妈，这很符合她贪婪的性格，她什么都想体验，但她并没有因为爱，哪怕深爱一个男人，有过这种愿望，就算在婚姻中也是如此，她不知道是什么地方出了问题。生活中没有什么事情值得坚持，但是吃避孕药，她坚持了很多年，她不相信其他，她觉得自己是一个怀疑狂，她看见过那样的社会新闻，吃了避孕药还是怀孕了，她不知道这是为什么，也不知道这属于奖励还是惩罚。可是呢，她的生活中，什么意外都没有，除了今天出门前，新买的衬衫忽然掉了一个扣子，毫无征兆的，她嘀咕了一句，质量啊，就换了一件。她想，要不是自己聪明，一定就穿着这件出门了。虽然她不知道这和聪明有什么关系。只是这么多年，从工作之后，贾约一直觉得自己怪聪明的，大概是世界上有更多比她还傻的人吧，另外值得一说的是，包间没有低消提供给大家。当然，既然这样，大家就更不能一分钱不花，所以每次贾约到了之后的第一件事，就是买几瓶婴儿肥，这也是酒吧里面最便宜的自酿啤酒。她看着自己的脸，觉得再这么喝下去，就真成婴儿肥了。说婴儿肥大概对自己太宽容了，就是肥。贾约总觉得自己胖，尤其是脸，因为脸全露在外面的缘故，其实她一点儿都不胖，她测过体脂，机器对她说，偏瘦。她从来没有信任过机器，因为她看不见机器的脸，于是她还是觉得自己挺胖，这种感觉，大概是生活不如意的表现吧。一般来说，她还会要点儿薯条，有时候要炸得粗的那种，有时候要炸得细的那种，听上去好像味道都不一样了。可是怎么会呢，难道还能吃出肉的味道吗？但是贾约从来不吃，就和刚才的原因一样，她知道自己这个年龄要是完全不注意，生活也就不会对她更好了。或者说，就算她注意，其实也不知道什么在前面等着自己，她想到的当然是这段婚姻。她不擅长经营，因为她根本上就讨厌经营这两个字，但是如果说，她为此前没有付出任何努力，那这种结论也太让人委屈了。

但是，又能怎么样呢，包间里有一个很大的窗户，她看着外面，得出这种悲伤之论。

另外，这个酒吧的音乐为什么不能是：没有音乐。她听见音响里面在唱：如果你不能让我一个人待着。我会找一个能让我单独待着的人。

天上的云多了起来，看上去鼓鼓囊囊的。

吕在说开始吗？贾约还站在窗口欣赏外面的云，她说开始啊，她注意到吕在今天的帽子上有一些小圆点。贾约回忆，这次的小圆点好像不同于上次，看上去像一种霉斑。吕在喜欢戴帽子也喜欢把一条腿一直晃来晃去，像肉品加工厂的一条猪腿，可是又太瘦了，像是一条不合格的猪腿。贾约打算抽支烟再坐回去。烟还是陈又从机场捎回来的，陈又可以说是真正的摄影师，不同于小黄，总是跟着一些甲方在天上飞来飞去，很少在一个城市逗留，陈又比贾约小两岁，这在贾约看来，就是姐弟恋了，虽然他们还什么关系都没有，认识了很多年，也做过爱，不知道是不是爱过，后来贾约就嫁给了于努。嫁人之后，陈又说，你要离婚我就娶你。贾约呵呵笑，她觉得这个男人还太小，根本不知道自己在说什么，也可以说是自以为是吧。只是贾约想到自己目前的处境，觉得这多少有些温柔。她也一直没有机会问过对方，因为她觉得自己一定不想知道这些原因。贾约只是总存在一种幻觉：手机里有一个人，如果你需要，被抱一抱，或者过上一夜，那你告诉他就好了。甚至比丈夫年龄更小，身体更好，但是，贾约想：这有什么用呢。这和一个男人通常做的有什么区别。她进而想到，如果自己的丈夫是因为这样的原因，她一定不会责备。可他们的原因，要比这复杂更多。或者说，她不是对别人有什么不满意，而是从根本上不满意自己，看不起自己，看不起作为妻子的自己，想到这些，或者继续想下去，都让她觉得受不了。就像远处天空的云，像棉絮一样拥挤在一起。

访谈通常会进行两个小时，有时候也九十分钟就可以结束。一节课的时间，但，没有人真的觉得上了一节课，因为这个访谈总是抵达一个奇异的点，就是什么都不解决，这是贾约早就想到的了。但她不知道问题出在了哪儿，虽然她也不觉得这是问题，也许起点错了也许终点错了，也许什么都没错，正确和正确的区别总是大于正确和错误，她感觉这和自己的婚姻差不多，现在来看，每件事，她都会想到自己的婚姻，这才是最大的问题，她打算再抽一支。烟盒里还剩两支了，她觉得撑不起来两个小时。连九十分钟都很难。这让人感觉一种赤贫。

通常访谈都是在下午三四点进行，之后就正好是晚饭时间，他们就去旁边吃一点儿，喝一点儿。但是因为老王今天不会去吃饭，所以就改成了一点，贾约觉得，怎么样都行。如果是其他访谈，她大可不必过来，正像她自己以为的这样，她在一家三流互联网公司负责一个小中心，这个中心每天都产生各种各样的访谈，她看都不看。她承认，这是责任心的问题。但她身上的问题太多了，她不可能每一件都重视。只是，她总觉得，和吕在一块儿，会聊点儿不一样的，因为吕在不专业。因为不专业，所以搞不好他比所有人都专业呢，专业就会产生捷径，捷径可以产生确定，而确定意味着新的庸俗。某种意义上来说，贾约觉得自己已经够庸俗的了。她还需要一点儿别的什么让自己不疯。想到这些的时候，短信响了，如果有短信，一定是父母，他们还不习惯用微信，贾约觉得这挺好，有种逆潮流而动的先锋感，短信是爸爸的，爸爸说，于努什么时候回国呀。因为分居的事情，贾约一直瞒着家里，她清楚得很，瞒着只有瞒着一种压力，但是说出来，就有乘以十倍百倍的压力，妈妈的身体又不好，每天最喜欢的事情就是去医院，总是不相信一家医院的检查然后去另一家，贾约知道，自己的怀疑症只能来自于妈妈。这让她无话可说。如果自己有孩子，怀疑症一定会一代一代传下去了，就像传家宝。不相信是一种巨大的痛苦，不是不想，而是不能，就像她根本不相信自己和于努的婚姻会有什么想象力一样。每一件具体的事情都能让她跌入了巨大的陷阱。虽然那样的事情在地球上每天都在发生。于是贾约回短信给爸爸说，快了。她又看了看上次的短信，回的也是快了。她觉得爸爸一定不会不知道，只是不问，既然他不问，自己就不必说，诚实很多时候不是一个选项，诚实是一种宝贵的品德，但是为了很多事情，甚至是为了爱，人可以牺牲诚实。贾约想到一个笑话：婚姻和偷东西一样，要瞒得住……尽管她想，这仅仅是人的一种狡辩，来狡辩无奈的处境。想到这个笑话，她又给爸爸发了个笑脸，他们都那么老了，为什么不能让他们高兴一点儿呢。发完笑脸之后，就像搀扶了一个老奶奶过马路（无论她是否真的打算过马路），搀扶者的心情总是大好。除了怀疑症，贾约感觉自己最大的问题就是喜怒不定，比如现在，她就心情不错，而一分钟之前，她觉得烦极了。她想到自己上次做爱，还是和于努分开后，赶上她的生日，之后他们去开了房，那一刻也让她心情大好，甚至产生某种夸张的想法：为什么不能和前夫当情人呢？只是这样，多少有些费钱。

于努仅仅有着一份普通的工作一份普通的收入，而且并没有给人一种会往上走的感觉，虽然这都不是贾约暂时离开他的原因，也不是过去很多次离开的原因。贾约离开的原因很复杂但是也可以说很简单，她受不了自己，但她不能杀了自己，所以她要把自己和最重要的人分离，就像进行外科手术。陈又曾经给贾约出过一个测试，如果能复制一样东西，你最不想复制的是什么，贾约想都没想给到的答案是：自己。

陈又当时给她的回答是：我也是，接着发了一个叹号，然后又发我们是天生一对，接着又发了两个叹号。

这种简单让贾约感觉，自己不会和他在一起了。

很多年前，虽然做过爱，也不能否认喜欢的感觉，或者是，一瞬间的心动，两瞬间的心动。但是就像那些被清水洗过的内裤一样，痕迹全无。只是作为一个三十岁的女人，或者老女人（虽然现在社会已经对年龄很宽容了，可是走在街上不难发现，那些年轻的女孩儿就是更年轻，就像地球绕着太阳转，月亮有时候圆形有时候缺了一个豁一样，这是再确定无疑的事实），有一个男孩儿还在自己身边，无论真情假意，都让贾约觉得自己并未完全贬值。反而给分居或者可能的离婚增加了一点儿谈判筹码呢。

贾约坐回位子，他们的访谈已经开始一会儿了。今天的访谈对象是老王，在京市，在中国，虽然喊上一句：老王，一定会有成千上万的脑袋看你，可是都没有这个老王有名，他的微博就叫老王，如果别人再叫，一定就是盗版了。很多年前，贾约就认识老王，也许谈不上认识，见过，听说过，可是贾约的同事常常问她：认识老王吗？贾约就说，认识，不熟。可是不熟两个字从贾约嘴里说出来，等于是在肯定认识两个字，而之所以这么说，仅仅是出于她的谦虚罢了。虽然贾约看来，这种事，没什么谦虚的，她做了很多年的媒体，先是在报纸，后来在互联网，互联网让她认识到了媒体屁都不是，既然屁都不是，更要保持自尊，自尊大概就是当别人问到某个意见领袖的时候，贾约总是用她很温柔的声音说，认识，不熟。

就像她可以用很温柔的声音说出傻×两个字一样，

所有的意见领袖在她看来都是傻×，如果不是自封的，并没有错，但不应该出来换吃换喝，如果是自封的，那和公开卖淫差不多。但贾约并不讨厌老王，也许谈不上喜欢，老王是个还没火就行将过气的作家，可是最近火了，因为京市电视台一档写作栏目，请了老王做嘉宾，因为工作的原因，贾约看过一两集，看着一个自己认识的人在电视上言不及义，她觉得有意思极了。恰恰是因为这些言不及义，让老王火了，每个人都能成名十五分钟是安迪·沃霍尔半个世纪之前的神预言。是呀，就算是十五分钟，也够了。让老王那些很多年前写了就卖得不好的书全都重印了，虽然不知道这是不是一件好事，可是看见老王的时候，贾约的第一句话还是：你火了。

贾约说出来的时候漫不经心，就像他们昨天刚刚一起吃过饭，而且对这个世界都不再抱有希望，仅仅是无可奈何地又被推了上去而已。

老王是他的笔名，真名我想没人喜欢，因为除了酒吧老板吴华，作为写作者“我”也刚巧认识他，所以贾约给我讲起这件事的时候，我才可以记得如此清楚，就像很多作家的真名一样，老王是河北人，真名钟地鲜，他后来走上写作的道路，觉得这个名字有招摇撞骗之嫌，地鲜，或者说，容易叫人想到地三鲜这类吃的，于是自己就叫老王了，没人知道为什么姓王，他爸爸又不姓王。那个时候全国还没有那么多关于老王的笑话，比如你家隔壁和你老婆睡觉的一定叫老王。甚至可以说，这个名字看上去更有招摇撞骗之嫌，但是，他就这么决定了。

老王专门写长篇，因为他有一个很浑蛋的理论（是的，我管这个理论称之为浑蛋，有时候浑蛋的人不一定说出浑蛋的话，而不浑蛋的人也不一定说不出浑蛋的话）：人生没有长篇怎么得了。

虽然我也不得不靠写作为生，可我并不觉得人生没有写作怎么得了，长篇，呵呵，滚。

言归正传，继续说火了之后的老王。

虽然他有很多理论浑蛋得很，但并非一个坏人，因为一个人很难偶尔犯浑蛋的时候又是一个坏人。

坐在他对面的贾约想：既然认识，就祝他好吧。

但老王并不在意自己是不是真的火了，他做了个表情，但就像什么都没有做一样，之所以这么说，是因为贾约感觉：他在勾引自己。

然后贾约又喝了一大口婴儿肥，她承认，是不能被满足的性需求，让自己疯了。

贾约就这样端详着老王想：除了是一个暂时的名人，他简直具备了一切老作家的特点，贾约管所有六十年代末七十年代初出生的作家都叫老作家，而更老的，她根本不关心，至于八十年代九十年代，在贾约看来，根本就没有作家。因为这是一个作家被当成浮云的年代。所以虽然我和贾约是朋友是哥们儿，可是我出的书，她一定一本都没有看过我发誓。因为我送过她一本，而我去她家，那一本书就完好无损地带着塑料膜躺在一堆杂志中，就像还在安全套中一样安全，但这并未影响我和贾约的关系，因为就算她看了，又能说明什么问题呢，说明她认识一个连浮云都不如的女作家，那，还是算了吧。有时候我想，能让我和贾约成为朋友的原因十分简单：情路坎坷。而且并不完全觉得是灾难，反而觉得是一笔宝贵的财富，因为我们都不愿意把自己的生活描述得更惨，于是生出不少自欺欺人的经验之谈呢。因为关于她和于努，我了解得太多了。

说回老作家群有什么共同特点吧，贾约看着老王，觉得他具有某种代表性。第一，就是都不年轻了，虽然在这样的年龄，也并非有多老，可是作家天生并不靠脸吃饭，这多少缘于某种迫不得已。

第二呢，贾约又喝了一口想，就是写的全是苦难，好像活着就是来受苦的。虽然贾约承认自己没读过什么书，但是她见过不少老作家，每张脸上都写着：苦难。

这让贾约心情不好，觉得人生不过几十年，真是的。

贾约还有第三点第四点，她正在想着，小黄过来和她说，今天不能拖，带子不够。

贾约才回过神，本来想骂他：为什么不做好准备呢。但是后来又想，他结束之后还要绕过半个京市去公司还机器，想到这些，贾约决定对他好一点儿，因为自己能做的实在有限。比如说，有一些能拿车马费的活动，就尽量让他去，但是京市堵车严重，堪称世界第一。有时候，车马费也就真成车马费了。这也让贾约感觉：媒体是夕阳产业了。至于什么是朝阳产业，她说不清楚，她说不清楚的事情，大多都是觉得和自己没什么关系，她只会做这一件事，然后等着末位淘汰。

包间安静下来，贾约把手机调成了飞行模式，她喜欢调成飞行模式，有一种自己在空中的感觉，地上的事，人间的事，都再也和她没关系了。调成飞行模式之前，她又检查了一遍，老板没有找自己，她松了一口气，同事有找她的，但她打算置之不理。很多事情就是这样，你什么都不做，它也自然就解决了，就像感冒药仅仅是一个阴谋一样，所有的感冒都是一周之后自愈。但她也多少有些小小的失望，除了几条工作的信息，没有于努的也没有陈又的，她觉得自己毫无退路，现在必须开始工作了，她放下手机，喝了一口酒，这一杯已经快见底了，她听见吕在用很小的声音问，你觉得自己还会谈恋爱吗?

贾约自己把录音笔又往吕在的方向挪了挪。虽然有小黄的机器，她还是有一个备用，她觉得：这也是怀疑症的原因。

小黄衣服上写着一排字：亲，我的屁股

贾约没懂这句话什么意思。但是这种事情她也管不着。如果年轻几岁，她也愿意穿着这样的衣服行走。

当然，是用英文写的。

吕在的声音很小，这是与生俱来的，但是放在男人身上，不知道是不是一个优点，也许会吸引那些有特殊爱好的女人吧，贾约想。她想到于努，想到陈又，他们的声音都比吕在大很多分贝，有一种赢了贾约的感觉。

你觉得自己还会谈恋爱吗？这是每一次的第一个问题。贾约在她的同事里听不见这样的问题，这样的问题太日常，这正是吕在的不专业，贾约自己被这种不专业吸引。她甚至问过自己：贾约，你还会谈恋爱吗？可，这种问题一旦说出来，答案就跑远了。

她也曾经把这个题目或者类似的题目问过于努，她忘了是在什么样的时间什么样的地点什么样的心情。于努的回答是呵呵。时过境迁，她只记住这个呵呵。真是一个永恒的呵呵啊她想。

至于为什么是这个问题，她曾问过吕在，吕在说，这被过度渲染了，就像他准备的另一个问题一样：你害怕死亡吗？这是被过度回避了（顺便说一句，他们的访谈只有这两个问题，一个关于渲染，一个关于回避）。但就是这么两个简单的问题，都不能让他们走下去，更别提走出去了。每次都是无解。

至于其他的问题，贾约一点儿都不关心，因为关心也没用。而这些问题看上去不礼貌，生活中也很难张口，那就趁着这个机会问一问，这些都是贾约当时在选题会上提出来的理由。老板不置可否，她还记得那种表情，大概是说：没什么大意思，但也不是一点儿意思没有，没必要让你不做，那你就去做吧。

事实上，那种表情让贾约觉得被羞辱了，但她还记得自己当时的反应，或者说，对羞辱的反应很奇怪，她对老板列举了一大串名人，虽然她明白得很，这些人十有八九约不来。并且她还把未来的视频渲染得很别出心裁，好像一家互联网公司很缺少一个艺术片一样。

此时此刻，老王并没有像刚才进来的时候一样看她。老王低着头，因为吕在的问题已经像一支箭，开弓没有回头啊，是呀，老王，你还会谈恋爱吗？看着低头的老王，贾约也不想刻薄了，她甚至觉得老王此刻和自己有些相似，至于到底什么地方相似，她也说不好。包间中，桌子和椅子都是铁艺的。金属花卉。这个季节坐有些冷，贾约滚圆的屁股滑到了椅子的一个边缘。这种沉默让她坐立不安。

老王最喜欢的动作就是用一只手捏着另外一只手上的一颗肉瘤，贾约看过一眼就不想再看第二眼。老王声音粗得像一把锉刀。也许这会让一部分女人痴迷。但是贾约知道自己绝不属于这一部分女人。关于这个问题老王只回答了一句：那你能先开始下一个问题吗？

吕在问：那你有什么喜欢的小说吗？

贾约又想笑了，问一个作家喜欢其他什么作品，这太具体了。

老王又开始思考，又开始低着头，这让贾约正好可以看见他头顶秃了一小块，但是并不明显，可以说，如果不是低着头没有人会注意，贾约想，这也许是老作家们的第三个共同之处。也是苦难的证明。

《霍乱时期的爱情》，老王忽然说，菲尔米娜和医生，菲尔米娜和浪子，能想象的生活和不能想象的生活。

爱情可以共时吗？吕在说。

贾约补充道：就是同时。

之后她喝了一大口，她觉得多此一举，她起身，拍了拍小黄，然后去前台又要了两杯。她想，一杯给自己，一杯随便给谁，既然是随便给谁，那很可能还是自己。因此有一种赚了的感觉。

在前台的时候，她看见吴华正和服务生说话。服务生看上去是一个十八九岁的女孩儿。有时候年轻女孩儿就像一块儿透明水果糖一样可爱，给人一种除了年轻，而且是非常年轻，之外一无是处的感觉，可，单这一条就已经击败一切。贾约没有马上过去打招呼，她拐到卫生间，她喝了很多酒，但是没有小便的感觉，这让她感觉自己很胖，她看着镜子里，不长不短的头发，用手捋了几下，要是有梳子就好了她想。值得一提的是，她还看见一颗假牙，不知道是谁的，她想拿走。她甚至想到，会不会是老王的，但这种栽赃毫无道理。她又想到老王的润发油，今天一定是打扮过的。可是涂得有些多，给人一种会渗到脑子里面的感觉。她走出卫生间，吴华看上去要交代的事情还没有完，女孩旁边又来了一个女孩，看上去也不会超过二十岁，贾约直接回到包间，她正好听见了一句话，老王说：倾听你内心，就已经排他性了。

大概还是刚才的话题。

贾约没想到老王最喜欢的是马尔克斯，但贾约想到了一点，他一定最喜欢的是外国人。现在来看，是一个死了的外国人。贾约没看过老王的作品，她看过马尔克斯，她觉得挺好看的，或者说，她觉得正是自己这种人应该觉得好看的那种：没有太多的文学修养，可是对付周围的环境绰绰有余，贾约对自己的理解很充分，生活里容易伤春悲秋，充满了小资产阶级情绪，喜欢drama（戏剧）。贾约是京市人，当地话说，就是一个大丧X。

丧啊，她想。就像浪子老了，看着菲尔米娜下垂的乳房，还要说，自己一直在等她用一个处男之身。而并非年轻的容颜。

这算杯具吗？贾约问（而且她这样问出来的时候，想到的是，文字稿出来，一定是杯具，而不是悲剧，她觉得这个时代已经没有悲剧了，只有杯具）。

老王抬头看贾约，贾约觉得他在审视自己不长不短的头发。

老王说，虽然是两种爱情，但其实是排他的。是一种。

贾约没听懂。

老王接着说，所以你刚才出去的时候，吕在问我，就回到最开始那个话题了，我觉得自己还会恋爱吗？我就和他说的意思是，要是和浪子的就不会了，和医生的，也许吧。

可你是个男的，贾约说。

你看过我写的《雪豹》吗？贾约既没有点头也没有摇头。

老王说，里面我就变成了一个女人，或者说，有点儿向马尔克斯致敬的意思。

那我去买来看看。贾约随口说。

你买不到。老王说，但是呢，我可以给你找找。

贾约笑了笑，但是又觉得不用太过分，这件事，没什么值得感激的。

吕在说，那他们这种爱情也是另外一种意义上的电光火石，家破人亡，阴阳两隔的结局吧。

什么意思啊，老王问。

吕在说，反正好的爱情就全是这种结局吧。

因为吕在就是这样的思维，所有好的东西在他看来都是这样的结局。

老王抽了支烟说，我觉得你这有点儿太概括。

他点烟的时候，小黄咳嗽两声，贾约伸出两个手指盖在嘴上，她和小黄往外走。

到了门口，贾约把自己埋在又红又软的大沙发里。

红色沙发旁边是一个水池子，看上去像个傻孩子的眼睛。

怎么不养两条鱼，贾约总是随便想到这些。这可比里面的铁的舒服多了。她一边想一边抠着手上的倒刺，直到流出血。酒吧墙上挂着画家甲乙丙丁的一些画。这是一个画家。而不是四个画家。并且贾约也认识，说来可笑，这个画家没事儿总是给贾约发一些挑逗性的信息，可贾约搞不清楚他到底要干吗？他的画既不好也不坏，这就是最大的坏。

这个时间，酒吧的人很少，是呀，谁会愿意在清明节出来喝上一杯呢。

贾约看到唯一的一个女人正在画眉毛。她啤酒上面的泡沫都没了，泡沫旁边是一张挺胖的脸，好像是在等什么人，贾约看了看啤酒又看了看她的眉毛。颜色有些像。

贾约重新转向小黄问，你不是抽吗？

小黄说，我不喜欢闻中华。

贾约拿出自己的Lucky，这个呢？

小黄抻出一支，贾约给他点上，顺便又给自己点上。点上之后，两个人往外走。白天的景色总是和夜晚不一样。

你经常来酒吧吗，贾约问，他们虽然当了三个月的同事，可是彼此并不了解，因为贾约看来，没有了解的必要，三个月一过，小黄就必须走，这就是实习生的期限，在这家公司两年不到三年的时间里，贾约已经送走几十个实习生，虽然每一个，进来的时候，她都曾认真对待，可是时间长了，也就什么都不记得了。她当务之急是下周就要重新发招聘简历，“五一”节前，小黄就要走了。想到这些，她又仔细看了看小黄，真年轻啊，她不由得在内心发出这种感慨，比陈又还年轻，酒吧里这个时候传来女服务员的笑声，贾约隔着落地玻璃看了一眼，她忽然感觉，这个世界被年轻包围了。她不知道比自己大九岁的丈夫，会不会也有同样的感慨。她使劲抽了两口，她要尽快回到包间，那里有两个老人，让她有一种自己依然被宠爱的感觉。

贾老师，我是不是必须走？烟快抽完的时候，小黄忽然问，在单位，所有的人都叫她贾老师。也有人叫她贾总，她觉得这未免太夸张。

我也想把你留下来，可是真的没有名额了。贾约说。她自己知道，这句话她对几十个人说过，其实名额是可以争取的，可是她不想为了任何事找老板，她只想得过且过，并且她看了看小黄想：他没有好到非留下来不可。于是她接着说，这有什么好，为什么非留下来不可呢。这样问过之后，她又点了一支。

我觉得跟着你挺好。小黄说。

贾约笑了一下，这个笑没有任何含义，她把刚点的烟在地上踩灭说，我也不一定干多久呢。

小黄说，是吧。

这需要一个调酒师，贾约对小黄说，我还想过在二十四小时便利店当一个店员。

可是贾约刚把这句话说出来又觉得不妥，于是马上说，因为夜里可以看鬼买酒啊。然后还哈哈笑了两声，她觉得今天的笑话不错。

可是小黄一点儿没笑，看上去怪没礼貌的，于是贾约问他，有没有女朋友（或者男朋友）。

小黄点头。

贾约又问，住在一起吗？因为她多少能知道一些现在的大学，她进而想到自己上大学的十年前。可真遥远啊。

小黄把抽的很短的烟头往远处的墙上一扔说，这种事就像吃汉堡包一样。

贾约想，是吧，大概对他们来讲，爱情和同居，甚至和未来的婚姻，都是吃汉堡包一样，是一件简单而且愉快的事情。小黄说完就往回走，机器还架在里面，看着走在前面的人，贾约忽然羡慕或者说嫉妒起来这个轻松的背影，他真的轻松吗？她没有把握。可她知道，汉堡包，这个比喻，多美好哇。

她打算今天结束之后就去吃一个汉堡包，一个真正的汉堡包。或者吃两个，她幻想自己也还充满希望。

走在前面的小黄忽然回头问贾约：对了，你会在这条胡同里迷路吗？他这样问的时候，头戴式耳机像扣了两瓣西瓜皮在耳朵上。

为什么这么问，贾约反问。

因为我来了这么多次，我今天又迷路。

京市太大了，对吗?

那可说不好，小黄说，我先进去了。

贾约打算再待一会儿。这是一条古老的胡同，酒吧通常都愿意在这里，很能吸引一些怀旧的人。胡同没有改造，还有晾衣绳在迎风摆动。上面挂了一些花格衬衫。贾约她想起自己小时候：院子里也是同样的场景。甚至会挂一些大裤衩，她那个时候最喜欢把头埋在衣服里使劲闻肥皂的味道，把脸贴在上面，很潮湿。阳光从另外一面透出来。贾约看着燃烧的香烟，就像宇宙在爆炸。她想：那个时候总是过得很慢。她还看见远处有一个老头儿和一个老太太，贾约忽然产生一种不切实际的想法，也许他们是一对老情人，而并不是一般意义上的夫妻，因为夫妻就是这样，想到时日无多，谁愿意继续浪费在家里呢，但是如果他们做了一辈子情人都不能在一起，这是最大的爱还是不爱。贾约想到这些理论的时候，正好从胡同口走过来一个人问路，贾约想都没想就给他朝相反的方向指了一下。至于为什么，她也不知道，也许是因为她不讨厌这个人，然后想等他走回来吧。

可是等了老半天，那个人都没有走回来。

头顶有一个无人机，发出嗡嗡嗡的声音。

早晚有一天都掉下来，贾约冒出这句话的时候，自己想：反正上面也没有人。

重新走进酒吧的时候，吴华正好迎面走过来，这次，他们非打招呼不可了。

上次你没来。吴华问。吴华指的上次就是采访他的那次，因为想到用了他酒吧很长时间，觉得应该给他一个机会，更何况，他也是一个有故事的人啊。

痛经，贾约说，说完自己哈哈大笑，无论发生什么，她的理由都是痛经，或者是堕胎。虽然，她还不知道痛经到底有多痛，可她想，反正只是随便说说，因为真的，谁会无聊到关心她是不是痛到要把子宫拿出来当球踢呢。

果然吴华没有继续问下去，贾约想：也许这正说明了一个好人的体面。于是贾约也打算体面一把，她说，访谈我看了，以后要找你多做呢。

吴华摆摆手，以他的经验，一定猜得到，贾约只是体面一把。

于是两个人忽然哈哈大笑。

贾约说，一会儿过来吧。反正你都认识，老王什么的。

吴华说，你们先忙着。

重新回到包间的时候，小黄正在用力嚼一颗口香糖。耳机线混乱地缠在一起挂在脖子上。贾约冲他指了指四周，想让他多拍些空镜，于是小黄对着墙角的一株仙人掌拍了起来。老半天之后才把镜头重新转过来，贾约觉得他拍了太长时间，虽然他说出了汉堡包这种比喻，可也只是个挺普通的“九五”后。自己不能把他留下来并不是自己的错。

他们已经聊到死亡了，贾约出去了十几分钟，知道错过了很多，或者说，什么都没错过。她拿出手机看了一下，有几个工作的事情，批考勤批报销，有个加班一百小时的，她想了想写了同意。还有个餐费五千块钱的，她想了想也写了同意。她很清楚，五千块钱肯定是和家里人大吃大喝了，一百个小时，是住在公司了吧，呵呵，她觉得，挺有意思的，难怪这些人一事无成，而且最重要的是，他们知道她一定会写同意的。因为贾约真的很懒。她并不想和一事无成的人斤斤计较，也不觉得自己做的事情会是压死公司的最后一根稻草。之外还有几篇要让她审的稿子，她光看看题目就够了。

另外，还有一个信息她非回不可了，于努问她：明天晚上要不要去Blue，有演出。Blue是世界上最著名的甚至可以说唯一的爵士餐吧厂牌，可以听爵士乐，可以当酒吧可以当餐厅，一般是六点半开始，吃到七点半，然后爵士乐表演，持续一两个小时，像电影中的棉花俱乐部，充满了中产阶级趣味。可是贾约怎么都想不明白，自己和于努怎么成了中产阶级，她绝对不算是，起码有一个亿，这种资产阶级的小目标才可以算，可是他们两个人的车和房加起来虽然也值几千万，但是有价无市，甚至可以说正在通货膨胀，那么谁会卖掉自己的车和房呢，所以他们更像是一无所有，可他们比一无所有的人更害怕失去。虽然这些从来都没有出现在贾约关于离婚的设想中，不是不重要，而是因为她的内心已经容纳不了这么多的变量了。她只想考虑爱。可，只是爱，这一件事，就让她经常想，如果爱的尽头是不爱，她希望这些尽头快点到来。于是贾约给于努回复说：去。

她回复得很简练，她不想让他产生错觉和误会。至于自己为什么去，她也说不清楚，她想有更多机会了解自己的丈夫，哪怕在分别的时候，也尤其是在分别的时候，因为总有一些感受是在两个人日复一日的生活中不会出现的。

而且，她喜欢Blue，她在日本的时候去过，那样的氛围会给人一种意识：生活都是假的。你也便不必认真。

不知道为什么，把电话重新调成飞行模式之前，她去看了看陈又的朋友圈，她从不看朋友圈，除非她想起谁，就像此刻，她忽然想起陈又，他在干吗呢？

所以就是你说的，老王重复道，怎么理解死亡才能怎么理解爱情。

吕在说，所以你怎么理解死亡。

老王说，一般到了我这种年龄，或者说，我们这种年龄，已经不想对死亡有什么了解了。

贾约把手机放回去，她觉得这句话很像出自作家之口，或者说，某一类作家之口。

老王又说，天地不仁啊。

吕在说，什么意思？

贾约很喜欢吕在一直问什么意思什么意思，因为在她做了十年的媒体，访谈最重要的就是不断追问，不断破坏，甚至不断激怒，而不是认同。如果仅仅是认同，为什么不一起去开房互相抚摸呢。是吧。

这多少也挑起了贾约加入谈话的热情，其实每次，她都很少说话，她觉得，自己只要过来就好了。过来就会让人觉得事情很重要，以此掩盖并没有那么重要的现实。

我也觉得是，贾约说，活着的人就好好活着吧，别操心死了的事。

可你还小，老王说，你也就三十几岁吧。

老王这句话说出来的效果，自然十分不好，因为贾约才三十岁，她又不想说话了，她很敏感，甚至觉得称不上年轻貌美的姑娘没什么资格说话，说话是为了被人重视，一个平庸的人有什么被人重视的条件呢。

吕在又补了一刀，小贾是很年轻的，比咱们两个哈。

贾约尴尬地笑了笑，她拿出手机给陈又发信息说，你在哪儿？

无论哪一次，她抛给陈又的都是很简单的几个问题，比如你在哪儿。

我就讲这么一个典故吧，老王接着说，老王之所以在电视上火了一把，也得益于他这么多知识，这在一般作家中并不常见。因为知识和创作并没有什么必然的关联。如果你在电视上见过老王，会觉得他更像一个行走的图书馆，甚至有些夸夸其谈，也许她真的应该和一座图书馆结婚，不然那也不用现在都结不成婚。老王的典故是这样的：

舜问尧：天王之用心如何？尧说了五件事，其中有一件是苦死者。老王接着说，我就简单解释解释吧：我们这里几个人，一二三四，四个人啊（贾约想：这还用数数？），要是有一天，忽然，有一个人没了，那我们，就把他的椅子，给他多留一会儿。

虽然贾约最讨厌“典故”两个字，她觉得全是中国文化的糟粕。可她觉得至少这一个挺有意思，就是说，死的人不想死，那我们就把他的椅子给他多留一会儿。

是这个意思吧。吕在问。

老王笑而不答。看上去挺神秘，可是贾约觉得：装神弄鬼。

吕在接着说，我要是死了，你们就给我唱歌。

老王说，那你和庄子一样啦。

所以也许接下来他真的可以聊聊鬼神论了，可这就和出发点相去甚远，于是贾约说，老王啊，不然你聊聊鬼神，贾约之所以这么说，是因为她相信，老王一定不会再聊下去。

于是老王说，孔子对鬼神的态度是敬而远之的。未能事人，焉能事鬼，哈？

尤其他嘴里冒出“哈”的时候，贾约生理上很不舒服，她不知道怎么回事儿，反正一定不能是怀孕。老王接着说，墨子也说嘛，你不能说没见到的就不存在啦。

吕在问，不知道的事情，等于发生还是没发生？

老王重新低下头，贾约又看到那一小块儿秃顶，老王抬起头之后和吕在对着笑，他们心照不宣，贾约想：应该三个人一起笑，难道大家说的不是一件事情吗？

老王接着说，他似乎不乐意停下来，因为这正是他擅长的，作为一个公众人物，谈论知识或者说炫耀知识总比炫耀自己要安全有趣，他说，你知道，孔子有一个学生叫宰我……

忽然，摄影机后面的小黄哈哈大笑。

贾约看了他一眼，他还是忍不住笑。

怎么啦？吕在问。

小黄说，宰我，哈哈，哈哈。

那，你知道有一个诗人叫戈麦吗？吕在说。

小黄更是笑得停不下来，不会吧，他说，割脉？他最后真的割脉了吧。

贾约觉得很尴尬，为了缓解这种尴尬，她干脆说了一件更尴尬的事情，她说，有一年，诗人北岛去你们学校，就是著名的B大。说到B大的时候，老王抬头看了一眼小黄，仿佛不相信他是莘莘学子中的一员，贾约接着说：然后，下面有一个学生问，那，南岛呢？

可是这回，小黄一点儿都没笑，大概是因为他听过一模一样的故事，或者是，他故意给贾约难堪。

大概就在这个时候，吴华进来了，看来，他真的是一个好人。

生死善恶都在一个世界吧。看见吴华之后，老王问，什么时候开始信佛?

钱挣够了之后。吴华说。

多少算够?

没够。

哈哈……

这个房间中，老王和吴华算是成功人士了，所以他们当然有资格哈哈一笑。或者说哈哈一笑泯恩仇。他们甚至连招呼都不用打，成功和成功就这么互相认出了彼此，这让吕在尤其是贾约有些为难。

我是没见过什么钱，于是吕在忽然说。他这么说让人觉得很心酸，并不是因为他真的没什么钱，而是他不应该觉得别人也像他一样这么理解一些事。好像这些事真的不重要一样。他太单纯了，单纯没什么好处，贾约想，于是贾约说，也有钱做不了的，我认识一个人，前一天刚体检完都正常，第二天就忽然病倒了，现在还躺在医院里，ICU（重病监护病房）维持。花了一百万元了吧，最后就是人财两空。

老王说，我现在，就觉得自己率领一个器官大队长征，不知道还走多远。

吕在说，长征不长征我不想，我就是受不了体检，上次体检的女医生，趁我没注意就把我裤子扒了。小黄又哈哈大笑。

吴华说，你们聊吧，我就打个招呼，一会儿去另外一个店转转。

是呀，谈到这样的话题，难道他还不应该消失吗？

大概这样吧，那天的访谈就是这么结束的，因为贾约很多时候都不在场，所以她能转述给我的也十分有限，或者说，那些没意思的部分，她已经帮我过滤了。

结束之后，是喝酒，喝酒之后，是喝多（如果不喝多为什么不喝可乐呢，这是很多酒鬼的名言），那天之后的事情是：贾约手机没电了，她现在只用手机支付，所以是吕在付的钱，虽然他没什么钱，可他是个男人，这之后，吕在把发票拿给贾约，关于他们十二次的访谈，贾约手里有一沓发票，很多都是几块钱几块钱组成的，这让她觉得挺搞笑。贾约想的是：项目结束之后，一起走项目报销。那天，他们喝多的原因很简单，因为吕在要早走，回家看孩子，于是加快了喝酒的速度，贾约总是想起吕在的那句话：我就是不能让孩子接受集体主义。他佝偻着身体，说得很坚决。

贾约一直没有机会问他，集体主义到底是什么？是不认同吗？但如果仅仅是不认同，贾约觉得不值得问。

贾约那天也喝多了，小脑袋里想的全是爱情，对比死亡，她自然更关心爱情，她酒后吐真言说，爱情这种事全在于你怎么看它？

吕在很认真地问，怎么看呢？

贾约说，只能用一种方式看它，诅咒它。

说完她在饭桌上哈哈大笑，因为她连诅咒是什么都不知道。吕在的双臂叠在桌子上，看上去真的很认真，可，不知道他认真听这些干吗。反正他都有孩子了，他还敢想东想西？

我们讨论的又不是扔一个破沙发。对吧，我们这个访谈还是挺有价值的吧，吕在问。

贾约干了一杯酒，表示有价值，因为吕在就是这样的人，虽然一周中的多数时间并不清醒，可是，从不像别人一样糊弄事儿，每一次访谈之前他都做很多功课，所以这个访谈进行得并不快，比如这一次，老王的全部作品，包括在狗屁电视上的狗屁讲话，吕在都看了。贾约觉得，固然这样不错，可终归是因为事情不多吧。而每次采访之后，当他们两个人或者还有其他人在一起喝酒的时候，吕在总是不断地问，今天聊得还行吧。每一次的访谈都是吕在亲自整理。吕在总说，我就想做点儿事。有时候还会说，今天那个问题问得好，这个问题问得不好。他也总是把希望放在下一次。隔着醉意，看着他那么认真，贾约觉得怪难受的。

饭馆开始有苍蝇、蚊子了，吕在本来打算把它们打走，后来想了想，只是吹了一口气。

他那天穿了一件西服，紧绷在身上，吹的时候西服就更紧了，身上的肋骨像一排一排小栅栏。到处都是明显的折痕。西服不属于他。贾约喝多了一直用手揪他的衣服，想给揪平，可是她揪住的地方被揉成更皱的一团团了。离着近了，才发现，吕在的皮肤像一些风干的肉干。西服大概是他特意准备的吧，毕竟老王是个挺有名的人，吕在的眼睛里有一个黑点，就像浮在酱料里的黑豆。裤子和鞋中间总是裸露着一块脚踝。看上去有点儿时髦。看着吕在这么喝，贾约觉得他就坐在一条正在下沉的船里，下沉的速度很慢，大概还需要几十年。可这种气氛就像太阳落山前的一个小时。于是这种气氛也要持续几十年。贾约想，虽然我们的那些话题没有什么实质性帮助，但是我们努力了。

你以后还爱吗？吕在问贾约。大概是因为最后一次，他觉得她应该认真地回答一次。

贾约内心想的是：坚韧不拔是一种素养。人不应该再去追逐爱情。但是她知道这种素养并不属于自己，而她总还是希望爱上什么人或者被什么人爱上。除非去死，她才会不能再爱，她想，也许这就是爱和死的关联吧。

但是，她竟然没有把这些说出口，她只是说，以后的事情，留给以后再说吧。

这样的回答很叫人沮丧，于是吕在说，我不像你这么想。

吕在这样说的时候，贾约想到一句名言（大概是名言吧）：如果钉子已经够结实，就坚决不用再多锤它一下。说的是顺其自然。但是她没有说，接下来就是沉默，这种沉默像无穷无尽的记忆，死死地包围住他们。看着吕在，贾约忽然想起于努脖子附近的皮肤，因为里面血液的流动，摸上去很暖。她不明白为什么，自己有时候要那样伤害他，就像很多女人一样，打碎男人的天真和善良。既然头顶就是安全的天空，为什么人和人不能互相理解地在一起。

贾约喝多了，因为喝了一种没有喝过的啤酒。她只是看着两个美女在雪山上，于是指着广告说，来这个，尝尝。

她还没去过雪山呢。

真正的雪山应该没有人。

她去过的到处是人。

她想过，要是死了就埋在雪山上，白白的，软软的，有金色的阳光照下来，想想都不愿意活了，于是她问吕在：你要死了怎么办？

她这样问的时候，吕在正靠在门框上，想去推开，看上去他推了半个世纪那么久，于是贾约过去和他一起推。门并不沉，也因此，贾约可以很清楚听见吕在说的：我要死了，那我就当自己根本没出生过。吕在出去解手，贾约看见门外远处有一个正在打电话的人，并且时不时回过头看她。那个人长了一个鸡脑袋。贾约觉得她并没有在打电话。忽然有一种不祥之兆。贾约也想小便了，于是蹲在马路对面的一个阴影里，蹲下来之后没有解裤子，仅仅是蹲着，蹲着给于努发了一条短信，短信的内容很荒诞，八个字：我和别人在一起了。最后是一个句号。表示陈述这样一个事实，而且并不惊讶。

贾约不知道，自己为什么要告诉于努这样一个并不存在的事实，仅仅是因为喝多了吗？就算是喝多了，这种事也不会被原谅，她可能不想要退路了。这全部退路都让她煎熬。

也或许，这才是一个分居的女人可以享有的不多的优越的条件，她知道，这仅仅是自取其辱的撒娇，无论如何，于努还爱着她。至少把她当成一个妻子那样的爱着她。一种比爱还深沉的情谊。

小饭馆只有他们一桌，老板娘并不急于关门，吃的很一般，因为，谁关心吃什么呢。

贾约喝多了之后一直靠在小黄的肩膀上，因为小黄说要晚一点儿不堵车再去还机器。这种姿势在平时上班的时候是绝对不可以的，贾约甚至产生一种错觉，自己有钱，有权力，可以随便找个比自己小十岁的男孩子靠一下。威风威风。

喝多之后的贾约还想到很多没有连续的情景：她想到，自己采访过一次北岛，北岛已经从我不相信，变成了我相信鸡汤，她想起和于努去日本的Blue，路过了小津安二郎的墓地，于努非要去看看，她一个人等在远处，感受着吹过来的凉风，正像现在一样……

总之，并没有很晚，贾约就回到自己租来的房间，方便面的味道没有散去，她打开窗户，也借此醒醒酒。她看了手机，有一个陈又下午发给她的短信问她在哪里，后来晚一些又发了一遍。

傻子，贾约想，想调情，没门儿……

其间，贾约还去马桶吐了一次，吐出几根比较完整的四季豆，看着这些，贾约觉得有点儿像吕在，都是长条形状的。她忽然得出这种酒后狂言，知道一件事和感受到一件事，是很不一样的，人最终活的是一个感受而不是知道，老王就是知道派，简直就是傻×派。头晕目眩中：她看着自己什么都没有的房间，虽然在那些反消费主义者看来，所有不是必需的都是多余的，可，那人和动物有什么区别，除非你就是要和动物没区别，贾约觉得不能再欺骗自己了。她又给于努发了短信：我想回家。

于努很快回了一条：喝酒了吧。

两个人都没有提之前的那条短信，大概这就是共同生活带来的默契和绝对的乏味。

她睁着眼睛不敢睡过去，她想到一个笑话，于是在房间中尴尬地笑了起来，这个笑话说，如果今天过得不错，明天也一定过得不错，因为，今天和明天之间只隔着一个睡眠。

贾约想，编这个笑话的人为什么不去死呢，除非他没睡过觉，哈哈。

她看着自己越来越胀的胸，觉得什么都控制不了了。而不能控制的，都不属于她。或者说，她刚要控制，原本属于她的就跑别处去了。

当然，这都是两年之前了，也就是二〇一五年，下面写写我自己。

首先向读者报告一件不好的事情，两年之后，吕在死了，也就是说在你们看到这篇文章的时候，他已经自杀了，并不是每个自杀的人都给人预示。有人说，他自杀前的一周还活得好好的，但什么叫活得好好的，我也不清楚，另外关于什么样的方式，我并不知道也不希望知道，因为那一定会让我产生不愉快的联想。这一切，我想我都不必多问，我只是多少会觉得他有些自私，吕在的追悼会我参加了，去了很多人，看得出来他生前人缘很好，可吕在一直活得挺穷，这让他的追悼会也十分简朴。他的女儿比我第一次见也是唯一一次见大了很多，在我看来，已经到了那种出门会有小男孩儿喜欢的年龄。我想起吕在活着的时候，那个时候他刚有了孩子，他说，看她一出生我就觉得自己都可以死了，他还说，原来觉得外边洪水滔天都不关我事，现在还是希望这个世界越来越好吧。

他的老婆我得说，哭成了一个疯子，虽然很多人揣测过，他们的感情生活并不如意，是呀，否则谁会去想把爱情弄个明白呢。

我和吕在的关系怎么说呢，我们互相欣赏，我说的是那种真正的欣赏，这在世间并不常见，通常要靠某种运气。我既然选择了这一行，就总是有一些运气认识一些形形色色的人，虽然也同时失去了另外一些运气。可我从来不相信那种鬼话：失去的就是好的。也许呢，我对吕在的欣赏更多一些，他几乎不说别人的坏话，也几乎不说别人的好话，单这一条，就实属难得。我希望在所有的关系中，做付出更多的那个人，这让我觉得无怨无悔。但我想：他大概也是欣赏我的吧，至少他喜欢我的小说，他曾在很多场合公开这么说过，而这种评价他并没有给予过其他人，虽然他出的全是一些别人看都不要看的法律书籍，可他曾经也是一个文学青年，然后走到了文学中年这一步，可是这一篇我还没来得及给他看。如果还有机会给他看，我一定会问他：一个活了很久的人自杀，为什么那些悲欣交集的日子不能让你撑到自然死亡？

那天追悼会现场，我从最外圈走到最里圈，便匆匆离开，在外面的时候，我碰见贾约，这纯属偶然但是可能性很高。我和贾约已经不像两年前那么亲近了，因为两年的时间啊，可以发生很多的事情，让我来简单回顾一下，首先是，贾约终于没有离婚，因为她无处可去，她所有的怀疑都是真诚的，但也同时都是软弱的。而我也结婚了，可是我承认，并不幸福。幸福在哪里呢？而且，承认这个事实之后，我反而变得心安理得，人就是不能什么都有。我有了一个孩子，也是女儿，长得像我，谈不上难看，大概以后也会经历不少生活的折磨，然后从这种折磨中理解男人也理解自己，这不是坏事……贾约一直没有孩子，可是再要的话年龄就太大了，所以她也许早就下定了决心。于是，我也自然不便和她提起孩子的事情。

贾约比两年前胖了一些，我想体重一定超过了三位数，但是并不难看，给人一种性生活很和谐的感觉，因为我知道这两年，于努挣了不少钱，赶上了创业的风口，虽然贾约过去总是和我说，她跟于努的问题都不是这些问题，可是钱能解决的事情总好过钱不能解决的事情不是吗？而我的生活一如既往，嫁给了一个同行，过得心安理得可是也没什么前途，孩子是唯一的乐趣，自然我们就不常联系了，我想，这多亏了贾约的善良，我会被她衬托的并不好，除了多出来的孩子。

我想过会在这里见到贾约，也是四月，想起两年前的四月，她给我讲他们的访谈，她给我讲她自己的生活，诗人说，四月很残忍。可我想，并不，看着生活不错的贾约，看着死去的吕在，我忽然觉得，生活挺好。如果说有什么事物称得上残忍，那就是花瓣离开花朵吧。人，不值一提。

我掏出一支烟给贾约，她说不抽了。

我说你又不生孩子，她听到这句之后做了一个意义不明的表情。

我说我们好久没见了。

她说是啊。

我说以后有空去我家吧，我搬家了，京市越来越大，我住的远了，也就不常进城。

进城？贾约笑了笑，她一笑有两道法令纹，她自己很不喜欢，说都笑老了，可我觉得这反而让她看上去运气不差。不是有句俗话吗：喜欢笑的女人总不会运气太差。

但其实呢，这种俗话都是废话，运气太差的女人哪儿还有时间和你笑。对不对？

其实我就不怎么喜欢笑，因为我是真的怕老。我比贾约大五岁。认识她十年了，那个时候她才二十二三，在报社管我约稿，我当时也才不到三十岁，刚刚从我喜欢的中心位置退出来——那些日复一日夜复一夜的盛宴，可我并不沮丧，我以为，这并不是被抛弃，而是一种选择。但是现在，时过境迁，我得承认，那就是一种被抛弃。

是呀，我接着说，进城嘛，就是七环之内。

于是我们两个人哈哈大笑，觉得世界的变化真快。但，忽然又不笑了。在吕在的死亡上，这不合适。

她说，有空还是请我喝酒吧。

我说我不喝酒了。

她说她也不喝。

我说那喝什么。

她说咱俩真是没得混了。

我说有空带我去吴华的酒吧看看吧。

她说哪一家?

我说那家啊，你们常去的。说到你们两个字的时候，我忽然觉得吕在就站在旁边，一个一米七出头的人，因为瘦得过分，反而并不让人觉得矮，喜欢佝偻着后背，无论站在哪儿，都让人看上去像一个稳定而又不安的点。一个绝对的点。看了一下时间，我想：吕在已经飞到太空了。

但，我并没有将这句话说出来，我继续和贾约说：就是你说让你性冷淡的那家。

哦，贾约忽然想起来了，又连续发出几个哦字。就差再拍拍手了。

好像性冷淡已经离她远去也飞到太空了吧。

她说，早就关门了。

我没哦，我没说可惜两个字，我也没再提别的建议。因为我大概想到了，虽然这个世界上还有成千上万的酒吧，但好像没有一家，比这一家更让我们觉得应该走进去，然后脱掉外套，随便找一个位子，干上一杯。一醉方休。

但事实上，我也不觉得沮丧，如今可以叫我沮丧的事情少之又少。

最后，我说，回头约。

她也说，回头约。

我说，走了。

她也说，走了。

我说，再见。

她也说，再见。

于是我们就真的再见了，好像两个复读机在告别，什么时候真的再见呢，我没有把握，只要她不死，我们就总有机会不是吗？

或者，我不死。

那之后，我就往外走，我抓紧要回家冲个澡，换一身干干净净的衣服，然后去幼儿园接孩子，路上的时候，我忽然产生一种冲动，我要再去把他们的访谈看一看，虽然这并非第一次，但，只能说，物是人非吧。

至于这个故事中的其他几个人，比如年纪轻轻的陈又，我一点儿也不清楚，我想，他就是那种必然会出现，也必然会离开的人。这种必然让一切看上去十分美好。路上，又到了飘柳絮的季节，有人管这叫四月的雪，我想，那一定是对生活对自己都还算满意的人编出来的。我就这么走了很长一段路，其实我并不着急去幼儿园，我只是想离开一个地方。路上，我觉得自己的脚很轻，就像另外一个人在走，时空也发生了变形，甚至我幻想吕在就轻轻松松地跟在我的旁边，不说话，也不呼吸，也当然不觉得害怕。一个人就是一个宇宙，而这个宇宙虽然沉寂了，但是存在，所有曾经产生过的波粒都消失在风中了。但这样不是很美好吗？因为如果没有这一切，活着的人和死了的人就真的没有关联了。想到这些，我甚至颇为轻松地哼起了一些小调。

那天回家之后我把他们的访谈真的找了出来，孩子已经上床睡觉了，四周很安静，丈夫正好出差，我打开贾约工作的那家网站，贾约升了职，已经不做具体的事情了，我替朋友高兴，虽然我不明白像她这样一个人怎么会升职。大概是她那套管理哲学起了点儿作用。这些人算不如天算的事情都应该叫哲学。

网站改版过很多次，过去的访谈频道经过两年，已经不存在了，我又输入一些关键词，已经没有逻辑可寻，只有零星几篇，我想，这就是吕在的正事吧，怪可惜的。访谈里时不时地跳出一些滋阴壮阳的广告，我想：不管人类发展成什么样，男的都永远需要壮阳，女的都永远需要滋阴，有一天反过来，或许人类还有点儿希望。

我翻到的第一篇就是老王那篇，老王经过了两年，又重新变得默默无闻，但我们也不再联系，因为我年龄大了，对男人没有吸引力了，我清楚得很，另外我想，这对老王多少不是个坏事情，而且，他也开始写起了短篇，还有一些不长不短的东西，我还在一些刊物上面，读过他的几篇算不上小说的东西，大概就是人到中年之后的一些随想吧。也多少会涉及一些死亡和爱情。我想那句话是对的：永远不要下结论，一切都为时尚早。

这篇访谈好像和我第一次看的时候不太一样了，对了，顺便说一句，他们要剪的短片到最后并没有做，也就是说，小黄拍的那些东西就是白拍了，也不知道现在素材去了哪儿，我不应该关心这些，但我想，如果下次见到贾约，我可以建议她，把素材导出来，给吕在的家人寄过去。当然，我也只是这么想想，很多事情到了应该做的时候我总是打退堂鼓。文字访谈被编辑加了很多小标题，大概是必须如此，我不相信贾约对内容的判断这么粗暴，而且全无用处，小标题下面是这个访谈的海报。我不知道海报是谁设计的，看上去不怎么样，是一个半遮半掩的窗帘，含义不明，如果包装一下，也许效果会不一样。访谈后面还配了几张照片，照得很随意，大概只是为了某种留存，而不是为了欣赏，照片里，吕在的这个眼神，我之前见过，不止一次，但从没想着要去理解。可惜以后也没有理解的可能了。我看了看写字台上我自己在楼下小推车上买的百合花，已经开败了，我想，要是我可以理解就好了。

这个时候，孩子哭了，我过去又抱了她一小会儿，重新回来的时候，屏幕黑了，我没有再打开看，夜里一点，我把书房的灯关掉，就像我说的，我住在离城市很远的地方，因为便宜，所以房子很大，我和丈夫各有一个书房一个卧室，这也让我们两个养成了经常各睡各的，想做爱的时候就做爱，然后再各睡各的，总之结局是各睡各的。我觉得这不错。书房的灯关掉之后，大房子里就一点儿光都没有了，我想，王充说的人死如灯灭啊，我不知道是不是有轮回，有彼岸，因为我，没死过。我也不知道是不是有此岸。我只是想，住在这么一个遥远的地方，我连乡愿都模糊了。我忽然想到老王访谈里说的那些轮回。

他说西汉佛教传入之后才有了那种轮回的说法吧。《论语》里面也有这种说法，孔子所有的观点都是生是基础。吕在访谈中和老王反驳过，吕在说，那岂不是很无情。老王说，这是一个规律。并没有特别强调无情。无情只是你感觉到的。

这句话对于吕在的提问简直是一个终结。

我歇了一会儿眼睛，打开灯，接着往前看，顺序很乱，有几段挺有意思，我很奇怪，怎么当年看的时候没有记住，大概当年，我并不关心别人，而现在，我很贪婪地想从别人的死亡里面得到一点儿什么。或者说是好处吧。

他们这个访谈的系列叫《生死恋》，一定是贾约为了流量考虑的，如果我没有想到更好的题目，那这篇文章也暂定这个吧，以此纪念我的朋友，吕在。另外，如果读到这篇小说的人，谁读过他出的那些关于法律的书，也许可以和我交流一下，我想，这也许是了解吕在的另外一个方面。

这之后，我又随便翻到了几篇有意思的地方，我觉得吕在做到了，这个访谈不能说毫无意义。

比如里面有一段儿，采访对象是一个摇滚歌手。我和他还有过一些莫名其妙的暧昧，大概我那些年爱慕虚荣，喜欢被风流的男人追逐。

吕在说：你怎么理解婚姻。

歌手说：婚姻在中国就是政治（歌手因为没文化，总是说出这些没文化的句子）。

吕在说，你怎么看离婚？

歌手说，离婚现在和谈恋爱分个手差不多了。

吕在说，那怎么理解结婚？

歌手说，谈观点还是谈事（歌手因为职业喜欢明码标价）。

吕在补充道：夹叙夹议吧。

吕在说，死呢，你怎么理解。

歌手没说话。

吕在说，变老呢。

歌手说，想到这个，有点儿颓。

吕在说，看见女的还心动吗？

歌手说，什么叫心动。

吕在说，就是本能。

歌手说，本能还是有点儿吧，但是说，喜欢？爱上？这个，有点儿难了，非常难了。

吕在说，你有刻骨铭心的爱情吗？

歌手想了半天。

吕在说，刻骨铭心你还要想半天啊。然后又问，你嫖娼吗？

歌手还是想了半天说嫖娼，就是谁都不拿对方当人那种关系感觉，特别操蛋。

吕在说，觉得全世界就咱们这最浪，上到官员，下到农民工。你有婚外情吗？

歌手说，婚外情也可能别人在婚姻里面吧，然后又说，这段可别播啊。

吕在说，你男小三啊。

于是吕在又说：你被捉奸过吗？

歌手说，捉奸的人，哪儿来的道德优越感呢，是吧（听上去像被捉过，我又想起和他短暂的交往）。

吕在说，你想过从事这个色情业吗？

歌手说，我没这个姿色，也没这个理想。

吕在说，你对我们的访谈有什么建议吗？

歌手说，别谈爱情了，要是我爸给我射到墙上多好，我们就不在这了，哈。

吕在说，你怎么理解这个时代。

歌手说，这是最好的，也是最坏的（读书太少）。

吕在说，狄更斯说一句话的背景很复杂，拿过来瞎用，已经，意义不大。

吕在说，最后再问你一遍吧，不问不死心，你以后还谈恋爱吗？

歌手说：我X。

访谈结尾还有一段吕在的结语和贾约的插话。

吕在的结语大概是这个样子的，隐私是一种力量，隐私力。所以捉奸是不对的，顺应内心也可能是一种坏事，但是我有我的理由，我会觉得很庄严和正确，是一种力量，所以人还是要顺应内心，既然人性是复杂的，那就不要去探讨人性。克制不了的事情，就别克制了。云云。

贾约的插话是问吕在你和歌手怎么认识的。吕在说，发小，他当时奔着我们班一个女孩儿去的，后来女孩儿没戏，我们几十年之后在这谈论爱情和死亡，太不可思议了。

歌手也在旁白哈哈大笑。

我还看了一期，这一期当时没有看过，是艺术家末末，两年前，他还并不被允许公开谈论。有一些凌乱的观点，觉得挺有意思，不妨也写在这里，可是现实生活中呢，我并不认识末末，所以我想，就算我觉得挺有意思，可是很快也将什么都不是。

比如他说什么是死亡呢：整个宇宙的绝大部分都是死亡。现在很多宇宙理论都可以代替来世的思维。

我一边看一边笑起来，他们那会儿那么高兴，大概都忘了死了。